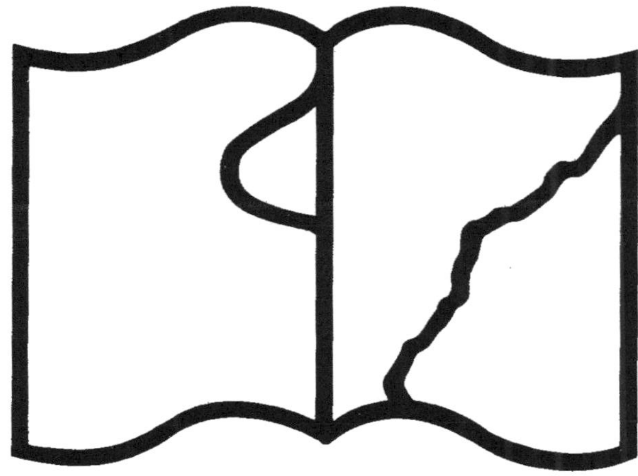

Texte détérioré — reliure défectueuse

NF Z 43-120-11

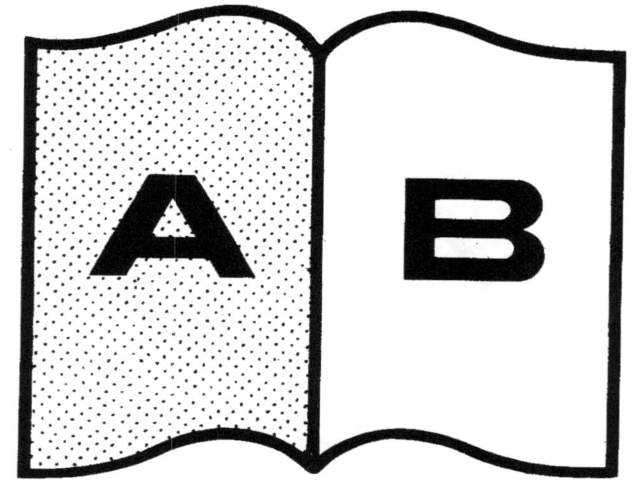

Contraste insuffisant

NF Z 43-120-14

NOS PETITS AMIS

PAR

ALBERT GIRARD

Ouvrage illustré de 48 gravures

ET PRÉCÉDÉ D'UNE LETTRE

DE M. LOUIS RATISBONNE

PARIS

LIBRAIRIE FURNE

JOUVET ET Cie, ÉDITEURS

5, RUE PALATINE, 5

M DCCC LXXXIX

NOS PETITS AMIS

CORBEIL. — IMPRIMERIE CRÉTÉ.

NOS PETITES FAMILLES
PAR
A. GIRARD
FERDINANDUS

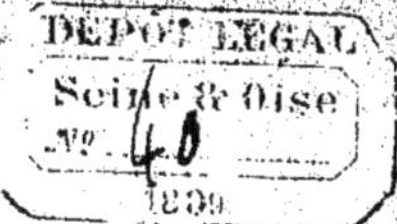

NOS PETITS AMIS

PAR

ALBERT GIRARD

Ouvrage illustré de quarante-huit gravures

ET PRÉCÉDÉ D'UNE LETTRE

DE M. LOUIS RATISBONNE

Dessins hors texte de A. FERDINANDUS

PARIS

LIBRAIRIE FURNE

JOUVET ET Cⁱᵉ, ÉDITEURS

5, RUE PALATINE, 5

M DCCC LXXXIX

Paris, 20 *octobre* 1888.

Monsieur et cher Confrère,

Vous me demandez en me communiquant votre manuscrit de vous dire mon opinion sur *Nos petits Amis*, un frère que vous allez donner à *Nos petits Diables*, votre succès du jour de l'an dernier, et qui eut l'heureuse fortune d'être présenté au public par François Coppée. Mon opinion est que ce nouveau-né, fort bien venu, mérite le même succès, comme il mériterait le même parrain.

Votre livre est de la famille de ces livres doux et purs, faits comme on disait autrefois « pour orner l'esprit et le cœur », et qui ne déposent en effet rien que d'excellent dans l'âme de l'enfant. Vous n'avez pas d'enfant, m'avez-vous dit. Est-ce possible? Eh bien, des volumes du genre de celui-ci vous constituent père de famille. Tous mes compliments à l'heureux père de *Nos petits Amis*.

Louis RATISBONNE.

NOS PETITS AMIS

LA BRAVOURE DE GRAND-PÈRE

Georges est un charmant enfant, laborieux, obéissant, mais... excessivement douillet et poltron, ce qui désespère ses parents et lui attire journellement les railleries de ses petits camarades.

Georges va au lycée, où il est classé parmi les bons élèves. Les professeurs sont contents de lui, à l'exception toutefois du maître de gymnastique. Oh! cette leçon de gymnastique! que de punitions elle a attirées sur Georges! que de frayeurs elle lui a causées! que de larmes elle lui a fait répandre! Il a peur... et, comme le lui a fort bien dit le professeur, c'est le moyen de provoquer les accidents. Le trapèze surtout lui cause une terreur insurmontable et quand arrive son tour de faire un rétablissement, ce sont des hésitations, des larmes et des révoltes qui excitent les moqueries des élèves pour lesquels cet exercice est un véritable plaisir.

Cependant ces sarcasmes ont souvent blessé au vif le jeune Georges et il s'est toujours promis, mais en vain, d'être plus brave à la prochaine leçon. Aujourd'hui, honteux de sa lâcheté et furieux contre lui-même, il fait à ses petits camarades le serment de ne pas avoir peur et s'engage à faire, sans hésiter, le tourniquet au trapèze, jeudi prochain.

La nuit qui précéda la fameuse séance de gymnastique fut terrible pour Georges et le sommeil du petit poltron fut hanté par les cauchemars les plus affreux.

Georges se trouvait d'abord dans une belle prairie, couché sous un pommier au tronc noueux, des moutons paissaient auprès de lui. Les oiseaux chantaient sur sa tête. L'enfant, heureux et charmé, écoutait ce concert de la nature et, attiré par les beaux fruits rouges qui se balançaient au-dessus de lui, levait les bras pour en saisir un ; déjà il allait l'atteindre, lorsque la branche s'enroulant autour de son poignet l'enlevait de terre, et le voilà tournoyant,... tournoyant dans l'espace, accompagné par les cris moqueurs des oiseaux. Effrayé, la sueur au front, la gorge serrée par l'angoisse, Georges se réveillait. L'insomnie succédant au cauchemar ne présentait à son esprit que la journée du lendemain, et l'enfant, ne sachant si la réalité n'était pas plus affreuse que le rêve, fermait les yeux de toutes ses forces pour ne plus penser.

Éveillé difficilement le lendemain par suite des insomnies de la nuit, encore tout énervé et sous l'impression de ces terribles cauchemars, Georges se rend au lycée, puis... à la salle de gymnastique. A la vue du maudit trapèze, il pâlit... Son tour arrive,... mais voyant les sourires de ses camarades, il se raidit contre l'émotion et, l'orgueil reprenant le dessus, il se précipite nerveusement sur le trapèze et, avant même que le professeur ait eu le temps de le soutenir pour éviter une chute, Georges a accompli son exercice. Malheureusement, le mouvement trop accéléré lui a fait faire bascule et il tombe lourdement à terre en poussant un cri.

Quand Georges revient à lui, il se trouve chez ses parents, étendu dans son petit lit. Sans avoir conscience de ce qui s'est passé, il ouvre les yeux et veut faire un mouvement. Aïe!... Aïe!... son bras entouré de bandelettes le fait horriblement souffrir. Aïe! Aïe!! maman! maman!!...

Petite mère est près de lui; dans la demi-obscurité de la chambre il ne l'a pas vue; elle embrasse longuement son cher petit garçon et le supplie d'être calme, de ne pas bouger. Mais Georges ne peut supporter la vue de son bras ligoté, et il crie et sanglote à la fois, ce qui redouble ses souffrances. Sa maman s'efforce de le calmer, car s'il crie si fort maintenant, que sera-ce tout à l'heure? L'épaule n'a pas encore été remise et Madame Brémond, connaissant la peur et la sensibilité de son fils, redoute l'opération.

— Mais, qu'est-ce que j'ai?... qu'est-ce que j'ai?... je veux qu'on me dise ce que j'ai! crie Georges.

— Rien, ce n'est rien, mon enfant; mais il faut être bien sage, et rester immobile jusqu'à l'arrivée du docteur que ton papa est allé chercher.

A ce mot de docteur, les cris et les sanglots de Georges redoublent.

— Je ne veux pas qu'il vienne, je ne veux pas... je ne veux pas!... Je ne le laisserai pas approcher de mon lit; je ne veux pas qu'on me touche... Maman, maman, promets-moi qu'il ne touchera pas à mon bras.

— Allons, voyons, sois raisonnable, il faudra bien que le docteur voie ton épaule... oh! un instant... un petit instant seulement, tu verras,... ce ne sera pas long, et après tu ne souffriras plus. Tu ne veux pas rester estropié toute la vie, n'est-ce pas?... Et puis, écoute, une grande nouvelle. Grand-père vient d'arriver. Tu le connais fort peu grand-père... tu étais trop petit, il y a cinq ans, quand nous sommes allés en Normandie, pour te souvenir de lui... Il est venu te chercher pour passer les vacances là-bas... au bord de la mer, et si tu restes ainsi, si tu ne veux pas qu'on te

soigne, il va falloir abandonner ce beau rêve... Allons, allons, cesse de
pleurer, car, tu sais, grand-papa, avant d'être un vieux brave, a été un
enfant courageux; ne lui donne donc pas une mauvaise impression de toi
dès sa première visite. Il est là, à côté, veux-tu qu'il vienne t'embrasser?

Et, avant que Georges ait le temps de répondre, la maman a entr'ouvert
la porte, fait un signe, et un beau vieillard à la barbe et aux cheveux blancs
pénètre dans la chambre et se dirige vers le petit lit où Georges tout pâle
est étendu immobile.

— Eh bien! eh bien! qu'est-ce que j'ai entendu? dit-il de sa voix un peu
rude. Est-ce bien mon petit-fils qui criait si fort pour une épaule démise?
C'est donc vrai ce que l'on m'a dit, que tu étais un petit douillet, un petit
poltron? et Monsieur se vante, paraît-il, de devenir militaire; il veut des
chevaux,... des sabres,... des armes,... il veut être officier, comme grand'-
père,... décoré comme grand-père... Apprends, mon petit bonhomme, qu'il
ne faut pas être si sensible que cela, et pleurnicher pour un bobo, comme
une petite fille. Quand on aspire à être brave, on le fait voir,... dans les
petites choses d'abord. Pourquoi crier ainsi : Je ne veux pas, je ne veux
pas?... A quoi cela te servira-t-il? Tu dois bien comprendre que tu ne peux
rester dans cette situation, qu'il faut absolument que ton épaule soit remise.
Allons, Monsieur le futur officier, tâchons d'être plus courageux.

L'enfant regarde avec étonnement ce grand vieillard dont la boutonnière
est ornée d'une rosette de la Légion d'honneur. Il se rappelle vaguement
cette voix, cette figure, il se souvient maintenant que ce grand monsieur
l'a fait jadis sauter sur ses genoux, en lui chantant de belles chansons,
une entre autres que sa maman lui a répétée bien des fois et qu'il aimait
tant à entendre le soir, lorsqu'on le déshabillait.

Pendant que Georges fait ces réflexions, le grand-père s'est penché sur le
petit lit, et l'enfant suit en tremblant tous ses mouvements : il n'ose protester, mais il frémit en pensant que grand-père va le toucher. Celui-ci étend
la main dans la direction de l'épaule malade, et le regard de Georges suit,

anxieux, cette main large qui s'approche de son épaule. Tout à coup il pousse un cri et cache sa tête dans les oreillers. Et cependant, sa maman l'a bien vu, la main de grand-père ne l'a pas touché.

— Ah! par exemple, c'est trop fort! je ne te croyais pas encore si poltron. Comment, je ne te touche pas, et tu cries!... Que diable! je ne savais pas avoir un petit-fils aussi...

— Non, non, ce n'est pas cela, mais...

Et, sortant à demi sa tête enfouie dans l'oreiller, Georges regarde du coin de l'œil dans la direction de son grand-père, puis il pousse un nouveau cri en l'écartant de sa main restée libre.

— Eh bien! tu ne veux plus que j'approche, même de ton lit, maintenant?

Mais les yeux de l'enfant sont rivés sur la main de M. Bressol, avec une expression indicible d'horreur.

Là,... là,... maman, vois,... regarde la main de grand-père, il manque le petit doigt... et un frisson parcourt le corps de l'enfant, il veut se reculer, ce qui lui fait ressentir une vive douleur, mais cependant il n'ose pousser un cri.

— Ah! c'est vrai, dit la maman, je n'avais pas pensé que cela pût l'effrayer, mon chéri. Quand tu seras guéri, grand-père te racontera l'histoire de son petit doigt.

— Ou plutôt, je vais te la raconter tout de suite. Cela te fera patienter, en attendant le docteur, qui, ma foi, tarde bien. Jamais circonstance ne fut mieux choisie d'ailleurs. Ah! tu pleures, toi, pour une épaule démise, eh bien, nous verrons quand tu sauras mon histoire si tu oseras encore jeter un cri. J'étais jeune alors, plus jeune que toi de quelques mois, lorsque je perdis mon petit doigt dans les circonstances que tu vas savoir; écoute-moi bien.

Tu as vu, n'est-ce pas, dans le salon de tes parents le portrait d'un beau capitaine de hussards, en grand costume. Ce beau capitaine, ce beau hus-

sard, était mon père. J'avais trois ans lorsque mourut ma mère, et, ne voulant pas se séparer de moi, il m'emmena avec lui à la conquête de l'Europe.

Aimé, choyé, dorloté par tous les camarades de mon père, mes jours s'écoulaient très heureux. Cette vie nomade surtout me plaisait, et j'aimais à entendre le bruit du canon, le clairon sonnant le réveil, les fanfares saluant l'arrivée de celui qu'on appelait alors le « petit caporal ».

Je fis ainsi plusieurs campagnes, et pour régulariser ma situation, mon père me fit nommer enfant de troupe élève-fifre, au régiment de hussards.

Tout alla bien pendant quelques années, mais l'ambition insatiable de Napoléon devait changer en une terrible défaite tant d'années de victoires.

Après la retraite de Russie, mon père, qui m'avait laissé dans la garnison de B..., revint blessé, fatigué, malade. Les soins intelligents qui lui furent prodigués hâtèrent sa guérison, et il put reprendre ses fonctions au moment même où l'ennemi menaçait la ville. La petite garnison, faible, épuisée, résista néanmoins vaillamment à l'attaque des alliés. Mais les vivres commençaient à manquer, et le moral même des troupes à s'affaiblir. Le beau régiment de hussards si pimpant, si gai quelques mois aupara-

vant, était maintenant réduit à un petit nombre de cavaliers chargés
d'éclairer et de faire des sorties. Les autres dormaient du sommeil éternel
sur la route de Moscou.

Mon père, toujours aux
avant-postes, ne me voyait
que fort rarement. Toutefois,
un jour, son ordonnance,
par suite d'une blessure, ne
put lui porter sa ration quo-
tidienne. Courageux et déjà
un peu soldat moi-même, je
m'offris pour suppléer à l'ordonnance.

— Tu n'y penses pas, petit
fifre, me dit la cantinière,
Mme Rosembois ; les balles
pleuvent dru comme grêle,
l'ordonnance de ton père a été
blessé, et toi, tu voudrais, tu
oserais aller là où de vieux
soldats hésitent?

— Et pourquoi pas?

— Mais tu seras tué avant
d'avoir fait seulement vingt-
cinq pas. Et songe donc à la
douleur de ton père, de ton
père qui t'aime tant, et qui
n'a que toi…

Mais déjà j'étais doué d'un
fort entêtement.

— Je veux y aller quand même. Je ne suis plus un petit garçon, je suis
grand, je suis fort, j'ai parcouru l'Europe. A Iéna, j'ai tenu le bâton de com-

mandement de l'empereur pendant qu'il étudiait les positions de l'ennemi,
et quand je le lui ai rendu, il m'a dit : « Merci, petit, » en me donnant une
tape sur la joue... Et j'aurais peur ! Allons donc !... Vite, vite, Madame Rosembois, donnez-moi le dîner de papa, je veux le lui porter moi-même, je
ne suis déjà que trop en retard.

Devant tant d'insistance, Mme Rosembois céda. Et dès lors, deux fois

par jour, j'allais, malgré
une pluie de mitraille,
porter les repas de mon
père. J'avais alors dix
ans, et, comme j'étais
fier !... Songe donc,
petit, me rendre utile,
affronter les balles, la
mitraille comme un vieux
soldat,... tout cela pour
mon père; pour l'hon-
neur de la France !...
Ah ! il eût été bien reçu
celui qui eût voulu m'em-
pêcher d'y aller! Fils de
soldat, futur soldat moi-
même, j'étais depuis
longtemps habitué à
cette terrible musique des champs de bataille.

J'accomplissais donc mon voyage depuis quelques semaines déjà, sans
aucun accident. L'habitude du danger m'avait rendu téméraire. Je ne me
contentais plus seulement de porter le repas,... je voulais voir les combats
de près et, bien souvent, j'assistais à la lutte, caché derrière quelque talus.

Un jour, absorbé complètement par la vue du combat, je ne vis pas
mon père revenir avec son régiment. Je fus surpris à mon poste d'observation. Loin de me gronder, mon père, me soulevant de terre, me prit

DÉJA LES AVANT-POSTES ENNEMIS TIRAILLAIENT SUR LES NOTRES.

dans ses bras, et, me montrant à ses camarades : — Voilà un bambin qui sera digne de nous et qui illustrera un jour le 15ᵉ hussards.

Fier des éloges que je reçus en cette occasion, ma témérité ne connut plus de bornes. J'allais maintenant porter la nourriture de mon père sans même prendre les précautions les plus élémentaires. Il s'en aperçut et me gronda fort, tout en se montrant très fier de mon audace et de ma bravoure.

— Mais, sois plus prudent, à l'avenir, me dit-il. C'est beau d'être courageux, de ne pas craindre la mort, mais encore faut-il que cette mort soit utile à la patrie. Et je veux que tu vives pour grandir et devenir plus tard un vaillant soldat.

— Oui, papa, un héros, comme toi.

Mais ces sages conseils, loin de m'intimider, exaltaient de plus en plus mon courage, et je continuai à ne faire aucune attention aux balles ennemies. Je devais en être puni.

Un jour, un de nos éclaireurs ayant informé le colonel que l'ennemi devait tenter un suprême effort contre nos positions, mon père me pria de lui porter son repas plus tôt que de coutume. Je partis donc, mon petit panier au bras, tout heureux de pouvoir assister au combat, caché dans ma retraite habituelle. Déjà les avant-postes ennemis tiraillaient sur les nôtres, j'entendais les balles siffler à mes oreilles, mais je n'y prêtais aucune attention.

Tout à coup je sentis une douleur atroce à la main gauche. Je poussai un cri, et tombai à moitié évanoui. Dans mon demi-évanouissement, j'entendais les balles et les boulets pleuvoir dru autour de moi. Si je restais là, j'étais perdu. La conscience du danger me ranima peu à peu, et alors, je regardai ma main : elle était couverte de sang, le petit doigt manquait. Effrayé, je sentis de nouveau mes forces m'abandonner, j'allais m'évanouir, lorsque tout à coup je me rappelai que le panier que je serrais convulsivement de ma main non blessée — ne l'ayant pas lâché dans ma chute — contenait le déjeuner de mon père. Rassemblant toutes mes forces, malgré d'horribles souffrances, je me levai et me dirigeai vers sa tente, n'ayant

qu'une pensée, arriver avant que mon père ne fût engagé dans la mêlée,
car il allait avoir besoin de forces, lui aussi : un grenadier me l'avait dit

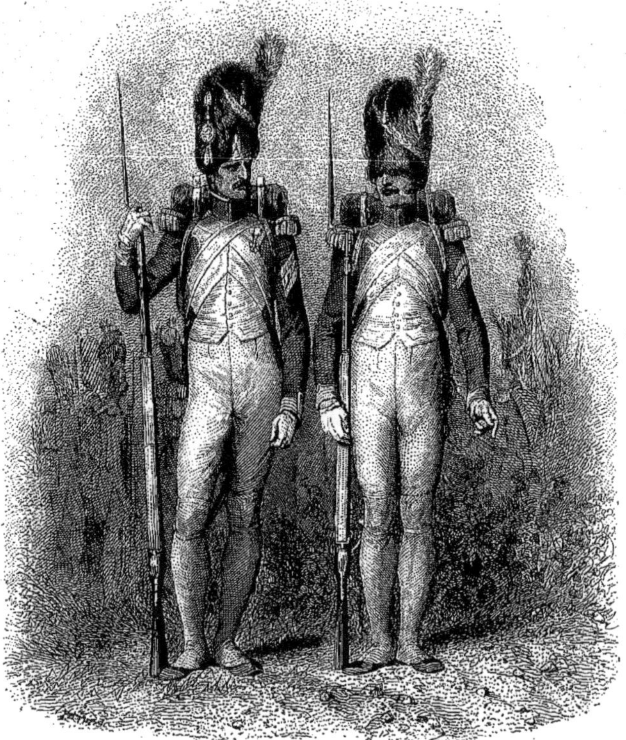

en partant. La journée sera chaude, hâte-toi, petit fifre, le capitaine n'est
pas près de souper. Pâle, chancelant, je parvins à gagner sa tente, je lui
tendis mon panier et tombai évanoui.

Quand je revins à moi, la mère Rosembois était penchée sur mon petit lit de camp, me prodiguant ses soins.

— Est-ce que ma blessure m'empêchera d'être soldat?

— Non, non, mon brave enfant, me répondit le chirurgien que je n'avais pas aperçu. Le général vient d'informer ton père que le petit doigt seul de la main gauche avait été emporté. On compte sur toi pour faire plus tard un vaillant officier de plus.

Je crois m'être montré digne de l'opinion que l'on avait de moi, si j'en juge par les récompenses et les grades que j'ai tous conquis sur le champ de bataille.

— Oh! grand-papa, comme vous avez dû souffrir! s'écria Georges, lorsque le récit fut terminé.

— Ah! dame, c'était une dure souffrance pour un enfant de mon âge; mais bast, j'ai reçu depuis de bien plus terribles blessures.

— Et, comme vous avez été courageux de porter quand même le déjeuner à votre papa!

— La journée devait être rude,... mon père avait besoin de se réconforter, je ne devais pas hésiter... N'en aurais-tu pas fait autant, à ma place?

Georges baisse la tête et laisse la question sans réponse. Malgré toute l'affection qu'il a pour son papa, il n'ose se prononcer.

— Hein! petit, ajoute le grand-père, après un silence, tu vois que ce devait être autrement douloureux que ton épaule, cela.

— Oh oui, grand-papa, mais moi je n'ai pas été élevé comme vous.

— Je sais, je sais,... tu es un petit douillet. Mais, comment veux-tu devenir militaire, si déjà tu redoutes une petite souffrance de quelques instants?

— Oh, non, non; je ne veux plus avoir peur maintenant. Je veux bien que le docteur me remette l'épaule; seulement... tu seras là, grand-père, tu resteras près de moi. Je mettrai ma main dans la tienne; il me semble qu'ainsi j'aurai plus de courage pour supporter la douleur.

Le chirurgien, venu quelques instants après, et qui avait été prévenu par
M. Brémont que Georges était un petit poltron, fut tout étonné de trouver
notre ami ferme et courageux.

— Je n'ai plus peur, Monsieur le docteur, et si vous voulez me remettre
l'épaule... tout de suite... je suis prêt; mais... il ne faut pas que grand-
père me quitte. Vous le voulez bien, n'est-ce pas,
Monsieur?

Le chirurgien acquiesce en souriant à la demande du petit patient et se met en devoir de
procéder à l'opération.

Georges eut un léger frisson lorsque le docteur
découvrit son bras, et serrant de toutes ses forces
la main de son grand-papa, il supporta bra-
vement l'opération, non toutefois sans pousser
quelques cris timides,... timides. Mais, lorsque
l'épaule fut remise, le pauvre enfant tomba sans
connaissance.

Pendant sa convalescence, Georges ne s'est pas
lassé d'entendre grand-père lui raconter les
hauts faits de courage et de bravoure qu'il a accomplis pendant sa jeunesse.
Aujourd'hui, complètement guéri, il est plein de hardiesse et de témérité.
Il se demande comment, lui, le petit-fils d'un brave, a pu subir si longtemps
les railleries et les quolibets de ses camarades, et il a fallu que son papa
installe un gymnase dans son jardin, car Georges sait que la gymnastique
est une des branches importantes de l'examen pour l'admission à l'École
de Saint-Cyr.

DEUX BONS PETITS CŒURS

— Une!... deux,... trois,... quatre,... Quatre francs!... Deux,... quatre,... cinq,... six,... neuf,... dix,... douze... Douze sous! Quatre francs, douze sous!... Oh! oh! oh! Tra la la! Tra la la!... Je suis riche! riche... riche... J'ai qua-tre francs dou-ze sous dans ma bourse. A ton tour, Paul; voyons les surprises que la tienne nous réserve... Je parie que tu n'es pas si riche que moi.

— Vraiment! et pourquoi cela, Monsieur le vaniteux?

— Parce que... parce que... Enfin, je sais ce que je dis, ou plutôt ce que je veux dire.

— Ah!... Tu pourrais être plus clair dans tes explications; et, supposons un instant que je ne sois pas si riche que toi, qu'est-ce que cela prouverait?

— Cela prouverait tout simplement que c'est moi qui me suis le mieux conduit, ai le mieux fait mes devoirs et su mes leçons, puisque le contenu de nos bourses représente notre travail et notre conduite de la quinzaine... Veux-tu tenir le pari?... Tiens, tope là...

— Non, je ne veux pas parier.

— Ah! ah! ah! parce que tu sais bien que tu perdrais. Mais... comme tu dis cela avec mauvaise humeur... Qu'as-tu?...

— J'ai... j'ai que tu m'agaces avec tes rires et tes fanfaronnades...

— Oh! oh! Monsieur a ses nerfs!... Monsieur a besoin de repos?

— Georges, tu es insupportable.

— Et toi, peu agréable avec ton air ennuyé et grognon.

— Eh bien, si ma compagnie ne te plaît pas, tu n'as qu'à t'en aller. Je ne courrai pas après un moqueur incorrigible comme toi.

— Moi, moqueur! c'est trop fort!... Ah çà... quelle mouche t'a piqué? Où, quand et comment me suis-je moqué de toi tout à l'heure? Dites plutôt, Monsieur, que c'est vous qui avez le caractère mal fait... Mais, j'y suis! je parie...

— Encore? tu te répètes souvent, tu sais.

— C'est possible, mais je parie, et, cette fois, je parierais à coup sûr, que tu n'as pas encore eu le courage de faire tes devoirs pour demain et que c'est cela qui te rend si aimable.

— Un devoir si long! si difficile!

— Si long!.. Depuis que tu hésites à te mettre au travail, tu l'aurais déjà fini.

— Ah! si tu te mets à sermonner, maintenant...

— Bon! moqueur, sermonneur, tu m'en prêtes des qualités! N'importe, tu sais bien que j'ai raison et c'est ce qui te rend si mécontent de toi-même.

— Certainement, si je m'étais mis au travail ce matin... Mais d'abord, je ne comprends ni la version... ni le problème.

— Parce que tu n'as même pas cherché à les comprendre, de sorte que tu vas être obligé de rester à la chambre, toute l'après-midi, toi. Ce n'est pas très agréable, mais, après tout, c'est ta faute. Bien du plaisir je te souhaite!

— Et toi, est-ce que tu ne resteras pas aussi?

— Ah! non, par exemple. Je vais demander à maman la permission de sortir.

— Par ce temps!... mais il neige... Et... où veux-tu aller? D'abord, il fait un froid! Brrrr!!

— Oh! je n'ai pas peur du froid... Puis j'ai mon idée.

— Je t'en prie, mon petit Georges, reste avec moi.

— Ah! je suis ton « petit Georges, » maintenant.

— Oui; je t'en prie, reste avec moi et aide-moi à faire mon devoir.

— Voyez-vous, cette récréation! C'est tout ce que tu trouves à me proposer? Bien obligé, mon cher ami, mais cela n'a rien de tentant et je préfère aller trouver papa et maman et leur soumettre une proposition un peu plus agréable pour moi, s'ils l'acceptent, que celle que tu viens de me faire.

— Et cette proposition ?...

— Ne te regarde pas et ne concerne que moi, puisque moi seul ai fini mes devoirs. Ah! si tu les avais terminés toi aussi, ce serait différent,... j'aurais parlé pour nous deux.

— Oh! qu'est-ce que c'est? que vas-tu leur demander? dis-le-moi.

— Pour te donner des regrets? à quoi bon?

— Dis-le-moi tout de même, je veux le savoir, entends-tu, je le veux.

— Et qu'est-ce que cela me fait que tu le veuilles?

— Oh! Georges, que tu es taquin! car toutes tes réticences ne sont que des taquineries. Et, si je te promettais de me mettre à faire mes devoirs, tout de suite, tout de suite, ne me le dirais-tu pas?

— Il est neuf heures et demie, il y a encore deux heures avant le déjeuner, si tu veux te mettre courageusement au travail, te dépêcher un peu, tu auras fini avant l'heure, et alors, dès que ton devoir sera terminé, je te mettrai dans la confidence de mes projets.

— Pourquoi pas tout de suite? Cela me stimulerait, au contraire. Comment veux-tu que je travaille sérieusement, avec soin, si tu me laisses dans l'incertitude? J'aurai trop de distractions.

— Tu n'es jamais à court de bonnes raisons, toi.

— Et puis, écoute, Georges, dès que tu m'auras communiqué ton idée, je te donnerai ma bourse, et je te permettrai de compter toi-même, entends-tu bien? toi-même, ce qu'il y a dedans,... seulement, tu ne tricheras pas...

— Je ne triche jamais, moi. Je suis franc au jeu. Mais... c'est bien vrai que tu me laisseras compter ta bourse?

— Oui, donnant, donnant. Mais encore faudra-t-il que ton idée ne soit pas mauvaise.

— Ah! déjà des restrictions!

— Non, non, non ! crie bien fort le jeune Paul qui redoute que son frère persiste dans son mutisme.

— Eh bien donc, dit Georges, qui ne demandait qu'à parler, et qui eût été bien attrapé si son frère n'eût pas mis tant d'insistance à le questionner, voici l'idée que le contenu de ma bourse m'a suggérée. Je vais demander à papa et à maman…, mais il est bien entendu que tu feras tes devoirs tout à l'heure, n'est-ce pas ?

— Oui, oui, oui ; mais ne me fais pas languir, tu le fais exprès.

— Je vais demander à papa et à maman de nous conduire ou de nous faire conduire au théâtre de la Gaieté… On joue le *Petit Poucet*; il paraît que c'est amusant, oh ! mais amusant au possible. Le conte du *Petit Poucet*, que nous avons lu tant de fois, n'est rien auprès de ce qu'on voit à la Gaieté !

— Comment sais-tu cela ?

— C'est Berger qui me l'a dit ; il y est allé dimanche dernier, en matinée, avec sa cousine. Il y a surtout, paraît-il, la danse des bottes… Mais… pourquoi me regardes-tu ainsi ? est-ce que mon idée ne te convient pas ?

— Si, au contraire, beaucoup… Mais…

— Mais quoi ? achève !… il y a toujours un « mais » avec toi.

— Quel est le prix des places ?

— Trois francs, je crois.

— Alors, tu iras tout seul, car je crains bien que ma bourse ne soit pas assez remplie.

— Alors, tant pis pour toi, car tu sais que maman veut que nous gagnions nos plaisirs… Voyons un peu cette bourse… Mais… elle est lourde,… très lourde, au contraire.

— Parce qu'il n'y a que des sous.

— Eh bien ! en additionnant des sous, on arrive à faire une certaine somme; attends, nous allons compter tes richesses.

Georges ouvre le porte-monnaie, mais si maladroitement, que les sous s'éparpillent sur le plancher, et roulent à travers la chambre sous les meubles, sous le petit lit des enfants.

— Allons, bon! mes sous, mes pauvres sous! il ne te manquait plus que de me les perdre, à présent!

— Les perdre!... les perdre!... le plancher n'est pas troué, que je sache... On va les retrouver, tes sous, et les réunir.

— Je vais t'aider.

— Non, non, ne t'occupe pas de cela, mets-toi plutôt à ton devoir, tu sais ce dont nous sommes convenus?

— Tout à l'heure, quand nous aurons retrouvé mon argent. Ce n'était pas dans nos conventions, n'est-ce pas, que tu l'égarerais?

— A ton aise; seulement je te préviens pour la dernière fois qu'il n'est que temps de te mettre au travail si tu veux m'accompagner tantôt.

Paul regarde la pendule, sort en soupirant ses livres et ses cahiers de son bureau, et commence ses devoirs, non toutefois sans jeter, à la dérobée, quelques coups d'œil à Georges qui, à genoux au milieu de la chambre, commence la chasse aux sous.

— Voilà! je les ai tous retrouvés. En effet, je crois que réunis ils ne feront pas une bien grosse somme.

Et Georges se met silencieusement en devoir de compter les économies de Paul, à qui cette musique de gros sous continue à causer des distractions.

— Un franc soixante centimes!... Trente-deux sous!...

— Tu es sûr? tu ne t'es pas trompé?

— Je sais faire une addition, je suppose.

— Cela ne fait rien. Recommence; tu as dû te tromper; tu n'as peut-être pas retrouvé tous les sous.

— Puisque tu as dit toi-même qu'il ne devait pas y en avoir beaucoup! C'est encore heureux que tu n'aies pas dit auparavant que ta bourse contenait des pièces blanches, sans quoi tu ne manquerais pas de m'accuser d'en avoir oublié sous les meubles.

— J'ai l'habitude de mentir alors?...

— Hum! de dépit quelquefois... Mais nous n'allons pas recommencer à nous disputer, n'est-ce pas ?... Voyons plutôt ce que nous allons faire.

— Que veux-tu que je fasse avec cette misérable somme ?

— Oui, précisément, voilà la question, il s'agit de savoir le parti qu'on en peut tirer... Réfléchissons.

— Oh! c'est tout réfléchi. Tu iras seul à cette matinée, tandis que moi je resterai là...

— Mais, nigaud, tu sais bien que je n'irais pas m'amuser sans toi.

— Non, non, je ne veux pas que tu te prives pour moi.

— Bon! nous allons lutter de générosité, maintenant! Laisse-moi donc parler; nous perdons notre temps, tu n'en as pas trop pour faire ton devoir, et, entre nous, il doit être joliment bien soigné, ton devoir, hein! avec l'attention que tu y apportes. Heureusement que je vais t'aider tout à l'heure. Si papa savait cela, il ne serait pas content, tu sais, car enfin ce n'est pas le moyen d'apprendre.

— Tu m'expliqueras seulement de vive voix...

— Ta ra ta ta... Enfin, bref, voici mon avis, et il est bon. Nous irons trouver papa et maman, nous leur expliquerons notre projet, nous leur avouerons ta pénurie, et peut-être, sûrement même, maman complétera la somme, surtout quand elle saura que tu as fait ton devoir, sans qu'elle ait été obligée de te le rappeler.

— C'est toi qui me l'as rappelé.

— Je ne le lui dirai pas, bien sûr. D'ailleurs, moi, je puis bien me dispenser d'acheter ce dont j'avais envie, et t'aider à compléter le prix de ta place. Allons, c'est entendu ; et maintenant, au travail.

Et Georges, sans plus parler, se met à aider son frère, qui est tout étonné de trouver facile et court ce qui lui paraissait impossible quelques instants auparavant. Paul écrivait la dernière ligne de son devoir lorsque la cloche du déjeuner se fit entendre.

— Ouf! fit-il en poussant un soupir d'allégement et de satisfaction que cause toujours la tâche accomplie, il était temps! Et il courut à la recherche de ses parents en agitant triomphalement son devoir.

— Eh mon Dieu! qu'y a-t-il? s'écrie la maman en voyant son fils pénétrer dans le salon comme un ouragan.

— Il y a, petite mère, que j'ai fini mon devoir tout entier, et bien fait, je t'assure, oui, très bien fait. Vois plutôt.

— Vraiment! sans qu'on te l'ait rappelé?... sans bouderie?... sans colère?... Mais... c'est un miracle cela, ajoute le papa.

— Oh! à partir d'aujourd'hui, je veux travailler, je ne veux plus être paresseux, je te le promets, petit père.

— Dis-moi, combien de fois déjà m'as-tu fait cette promesse?

— Cette fois-ci, papa, c'est très sérieux, je t'assure, et je ne m'emporterai plus jamais,... jamais...

— Mais alors, c'est une conversion! s'écrie M. Desjardins.

— Et moi j'en suis très heureuse pour toi, Paul. Je ne crains qu'une chose toutefois, c'est que ces bonnes dispositions n'aient peut-être un but intéressé.

— Qu'est-ce que tu veux dire, maman?

— Regarde-moi bien en face,... là,... dans les yeux,... c'est cela... Tu n'as rien à nous demander?...

Paul rougit beaucoup de se voir si bien deviné, et, pris au dépourvu, balbutie des mots sans suite.

— Non,... si,... c'est-à-dire... Nous voulons, Georges et moi... C'est Georges qui a eu l'idée,... moi je n'aurais jamais osé...

Et Paul s'embrouille de plus en plus dans ses phrases, en jetant à son frère, qui se tord de rire dans un fauteuil, des regards désespérés, afin qu'il vienne à son secours.

Georges, après s'être amusé de la mine déconfite de Paul, s'approche de ses parents qui souriaient en entendant les phrases hachées de Paul, sans y rien comprendre, les embrasse d'abord et explique leurs projets et leurs espérances.

Pendant qu'il parle, Paul suit avec inquiétude l'effet produit par ce discours sur la figure de son papa. L'expression souriante de tout à l'heure s'est effacée de sa physionomie, et c'est avec gravité et un léger froncement de sourcils que ses fils connaissent bien, qu'il écoute les explications de Georges.

Paul se dit que papa n'acceptera pas, c'est sûr maintenant,... il voit bien ça...

Quand son fils a terminé, M. Desjardins, sans répondre, regarde Paul, auquel Georges fait signe d'approcher. Mais notre ami, si hardi quelques instants auparavant, reste à distance, tête baissée, sans souffler mot.

— Je voudrais savoir, dit enfin le papa, en s'adressant à Paul, si véritablement tu as l'intention de te mettre au travail ou si tes promesses de tout à l'heure t'ont été inspirées dans le but seul de nous faire consentir à ce que vous demandez, et, par conséquent, d'abuser de notre confiance.

— Oh! papa, s'écrie Georges.

— Chut! c'est à ton frère que je m'adresse.

— Je te promets, petit père, je te promets! s'écrie Paul, en éclatant en sanglots et en se jetant au cou de ses parents.

— Oui, oui, je sais, tu es toujours de bonne foi... sur le moment, mais il serait temps de ne plus agir en étourdi, et de comprendre la valeur d'un engagement. Un homme doit toujours réfléchir beaucoup avant de s'engager en quoi que ce soit, et ne jamais faire de promesses sans avoir l'assurance et la ferme volonté de pouvoir les tenir, sinon, il passera pour un fourbe et un déloyal, et n'inspirera que le mépris. C'est pourquoi je suis effrayé pour ton avenir de cette facilité de promettre à tort et à travers sans réflexion et sans discernement... Voilà la troisième fois que l'on nous appelle pour le déjeuner; réfléchis pendant le repas, et viens nous donner ta réponse après. Je verrai alors à vous faire la mienne.

On passe dans la salle à manger et l'on se met à table. Paul mange peu. Comme le lui ont demandé son papa et sa maman, il réfléchit. Certes, il ne demande pas mieux que de leur faire plaisir; il est bien malheureux et bien mécontent de lui-même quand il leur a causé de la peine; mais ce doit

être si difficile de travailler régulièrement et assidûment! Georges le fait
bien, et pourtant il est toujours gai et de bonne humeur. Comme il envie
son frère, quand celui-ci a terminé ses devoirs et que, lui, ne les a
pas encore commencés! — Tu n'as qu'à t'y mettre en même temps que
moi, dit alors Georges, et ils seraient finis aussi, et il a raison,... puis être
souvent puni et retenu à la maison, cela n'a rien d'agréable non plus...
Mieux vaut décidément travailler... et cependant une promesse solennelle,
comme son papa l'exige, le trouble et l'effraye.

Le déjeuner terminé, Georges dit tout bas à Paul :

— Dépêche-toi d'aller trouver papa. Nous n'avons que juste le temps, tu
sais, si nous ne voulons pas arriver en retard, ce qui serait très ennuyeux.
Moi j'aime voir le spectacle dès le commencement.

Et, comme Paul fait deux pas en avant et trois en arrière :

— Est-ce que tu hésiterais, par hasard? s'écrie Georges avec indignation.
Oh ! c'est cela qui serait mal par exemple, et causerait du chagrin à papa;
car il compte bien sur ta promesse, j'en suis certain... Eh bien! tu n'es pas
encore parti!... Vas-tu rester là longtemps à me regarder avec ta figure
de l'autre monde? Tu serais condamné à mort, que, ma parole, tu n'aurais
pas plus triste mine... Tiens, veux-tu que je te dise ma façon de penser,
parce que c'est trop fort, à la fin : tu es non seulement un paresseux, mais
encore un sans-cœur.

— Je te ferai repentir de cette parole-là.

— Ah! vraiment? et par quels moyens, s'il te plaît? Penses-tu que
j'aie peur de toi?... D'ailleurs, il n'y a que la vérité qui offense. Et puis,
ma foi, je ne vais pas me priver d'un plaisir à cause de toi,... ce serait
trop bête, tu n'es pas assez intéressant... et je vais demander à papa la
permission d'y aller seul.

— Georges, attends-moi.

— Suis-moi, si tu veux. J'en ai assez d'être à tes ordres.

Les deux enfants arrivent ensemble dans le bureau de M. Desjardins,

Paul s'effaçant derrière Georges ; mais celui-ci, au lieu de parler pour son propre compte, découvrant brusquement son frère :

— Papa, voici Paul qui vient te promettre tout ce que tu lui demanderas.

— Est-ce bien vrai, cela ?

Et M. Desjardins enveloppe son fils d'un regard peu encourageant.

Pris au dépourvu par cette brusque attaque et cette manœuvre de son frère à laquelle il ne s'attendait pas, Paul ne peut que se jeter en pleurs dans les bras de son papa.

— Je tâcherai,... je ferai tous mes efforts, je te promets... Mais, dans le commencement, il ne faudra pas être trop sévère... parce que,... tu comprends, comme cela,... tout d'un coup... Il faudra que Georges me rappelle...

— C'est cela! s'écrie Georges joyeusement; chaque fois que tu te relâcheras dans ton travail et que tu sembleras oublier ta promesse, je te dirai : Paul, tu as promis. Et tu m'écouteras, tu ne t'emporteras pas?...

— Taquin, va! Non, je ne m'emporterai pas. Merci, Georges, merci. Et papa ne me regardera plus d'une certaine façon qui m'humiliait tant, car je lis bien des reproches dans ses yeux.

Cependant M. Desjardins ne paraissait pas convaincu de cette conversion subite, il hésitait à accorder l'autorisation demandée, lorsque Paul aperçoit sa maman qui, assise près de la cheminée, lance un regard suppliant à son mari. Paul devine plutôt qu'il ne comprend ce regard, et sautant sur les genoux de sa mère :

— Petite mère,... petite mère, dis donc à papa que cette fois mes promesses sont sérieuses et que je les tiendrai...

Émue de l'accent sincère de son fils, Mme Desjardins demande la grâce de Paul.

Le papa, qui ne demandait pas mieux que d'être convaincu, se rend aux bonnes raisons de Mme Desjardins et accorde l'autorisation.

— Eh bien, c'est entendu. Je te confie ton frère, Georges, puisqu'il t'accepte désormais comme mentor. Allez donc vous habiller pour vous rendre au théâtre. Moi, je ne puis sortir; Mariette vous accompagnera. Surtout soyez sages et ne faites pas trop enrager cette brave fille.

Les deux enfants ne se font pas répéter la permission, et c'est en gambadant, en se bousculant comme des fous, non sans envoyer force baisers à leur maman, qu'ils se rendent dans leur chambre où la toilette fut bientôt faite.

Ils reparurent bientôt, enveloppés frileusement dans leurs chauds pardessus, la casquette de loutre enfoncée jusqu'aux oreilles.

— Nous sommes prêts, maman. Et Mariette, où est-elle?... Mariette! Mariette!!... Dépêche-toi, voyons, tu vas nous faire arriver en retard...

— Dieu! que tu es lente!

— Qu'est-ce que tu fais? dépêche-toi.

4

— Voilà, voilà, mes petits Messieurs...

Et Mariette rouge, essoufflée, achevant à la hâte de boutonner sa robe, vint rejoindre les deux enfants.

— Oh! oh! une robe verte! un fichu bleu, une croix d'or et des joues rouges! Tu veux donc aveugler ceux qui te regarderont. Je cligne déjà des yeux, moi, tiens!... Quel succès tu vas avoir!

— Georges, dit sévèrement Mme Desjardins, tu sais bien que je te défends de taquiner Mariette; tes réflexions sont aussi déplacées qu'inconvenantes.

Quant à Mariette, elle promène ses bons yeux étonnés de Georges à sa toilette, n'ayant pas compris les railleries de son jeune maître, et croyant de bonne foi qu'il l'admire. Robuste fille de Bretagne, elle a cru devoir, pour la circonstance, sortir le beau costume qu'elle portait jadis les jours de « pardon ». Aussi la réprimande de Mme Desjardins la surprend fort.

— Et l'argent? petit père, demande Paul, timidement.

— Voilà, voilà.

Et, ouvrant son porte-monnaie, le papa remet à son fils l'argent nécessaire pour compléter le prix de sa place, auquel la maman ajoute un supplément pour acheter des caramels, ce qui met le comble à la joie de nos deux amis.

— Allons, en route, dit Georges.

— Et amusez-vous bien, ajoute la maman.

Les enfants partent sous la conduite de Mariette. Le froid est vif et piquant, la neige recommence à tomber, mais ils ne s'en aperçoivent pas, préservés de l'air par leurs chauds vêtements. Heureux et gais de fouler aux pieds ce beau tapis blanc, ils se mettent à jaser, tout en marchant très vite.

— Dis donc, Paul!

— Quoi?...

— Si nous avions la chance que la neige tombe toute la journée et toute la nuit, demain nous pourrions faire un grand bonhomme dans la cour du lycée.

— Oh! comme ce serait amusant! Nous le coifferions d'un grand chapeau.

— Et nous lui mettrions une pipe à la bouche.

— Ah! ah! ah! Je vais en rêver... Pourvu que nous puissions le faire!... Allons, neige, tombe, tombe...

— Et pourquoi ne pourrions-nous pas le faire, ce bonhomme? la neige est bonne, elle « se pelote » bien : tiens, regarde...

Et, malgré ses gants fourrés, Georges ramasse de la neige dont il fait une grosse boule et... l'écrase sur la figure de son frère.

— Lâche! lâche! attends un peu!

Et, furieux, Paul se met à riposter énergiquement; il faut l'intervention de Mariette pour mettre fin à la bataille. Celle-ci rappelle aux enfants qu'ils vont arriver en retard au spectacle, remarque, paraît-il, concluante, car nos deux amis se remettent en marche d'un pas alerte, en continuant de causer.

— Quelle est la saison que tu aimes le mieux, Paul? demande Georges.

— Oh! l'été, parce qu'il y a les vacances.

— Oui, l'été c'est amusant, on court dans la campagne, on fait la chasse aux papillons, on va au bord de la mer, on se baigne; mais l'hiver est encore plus agréable, à mon avis : on a le théâtre, les matinées, des bals costumés; on a la neige pour jouer et se rouler; et puis il y a le petit Noël, le jour de l'an, et les beaux magasins des boulevards à visiter, toutes sortes de cadeaux à recevoir. Décidément, j'aime mieux l'hiver, vive l'hiver!

— Et on dîne à la lampe, au coin d'un bon feu. Tu as peut-être raison : l'hiver est agréable.

— Parce que vous ne pensez qu'à vos plaisirs, ajoute Mariette, se mêlant à la conversation; mais les malheureux qui souffrent du froid et de la faim redoutent l'hiver, eux, et ne le voient approcher qu'avec terreur. L'été, ils peuvent se nourrir plus facilement, ils ont le bon soleil pour se

réchauffer, et peuvent dormir à la belle étoile sans craindre de ne plus se
réveiller le lendemain.

Ces réflexions de Mariette rendent muets et pensifs les deux enfants.

— C'est vrai tout de même, ce qu'elle dit.

— Hélas! oui, ce n'est que trop vrai. Tenez,... regardez!... là,... sous
le bec de gaz.

Les enfants dirigent leurs regards vers le point que leur indique
Mariette, et ils aperçoivent accroupi au pied d'un candélabre, replié sur lui-
même, les pieds dans la neige, un petit garçon de six à sept ans, grelottant
sous ses haillons qui parfois laissent voir la chair bleuie par le froid. Ses
dents claquent, ses yeux sont cernés, ses joues creuses, ses lèvres pâles;
il lutte péniblement contre l'engourdissement qui l'envahit, pour murmurer
d'une voie affaiblie et tremblante : « La charité, s'il vous plaît! »

Devant cette pauvre victime de l'hiver, les deux enfants s'arrêtent et se
regardent. Ils se rappellent leur conversation de tout à l'heure et, honteux
de leur égoïsme, ils baissent la tête... Mais, brusquement, mus par un
même sentiment, ils fouillent ensemble dans leurs poches, et en retirent
une poignée de sous qui tombe dans la main du pauvre petit qui les
regarde de ses yeux tristes et reconnaissants.

— Merci bien, mes petits Messieurs, merci bien!

Les enfants s'éloignent.

— Nous pouvons bien nous passer de caramels, dit Paul.

— Pauvre petit! quel regard il nous a jeté!... Si nous lui demandions
où il demeure, nous le dirions à maman, et peut-être pourrait-elle faire
quelque chose pour lui.

— Mais... cela nous mettra en retard, le spectacle sera commencé...

— Ah! tant pis! je n'ai plus le cœur à m'amuser. Viens, nous allons
questionner ce pauvre enfant.

Et, rebroussant chemin, Georges et Paul retournent auprès du petit
malheureux.

ILS VIDENT LEUR PORTE-MONNAIE DANS LES MAINS DU PAUVRE PETIT.

— Où demeures-tu? demande Georges.

L'enfant lève un regard inquiet et timide sur celui qui le questionne, et reconnaissant nos deux amis, il répond faiblement :

— Rue Mouffetard.

— C'est loin... rue Mouffetard?

— Non, là-bas,... derrière Notre-Dame.

— Pourquoi es-tu là?... Ton papa, qu'est-ce qu'il fait? Il ne travaille donc pas?

— Papa!... il est mort.

— Ah!...

Un long silence suivit. Enfin Georges, surmontant l'oppression qui le dominait, se décide de nouveau à questionner :

— Et... ta maman?

— Maman!... elle est malade,... là-bas,... dans « le garni ».

— « Le garni »,... qu'est-ce que c'est? demande Georges.

— La chambre où nous habitons.

— As-tu des frères, des sœurs?...

— Oui, j'ai une petite sœur, elle est avec maman, elle pleure toujours parce qu'elle a froid et qu'elle a faim.

Paul, le cœur serré, sent les larmes gonfler ses yeux. Georges a peine à vaincre l'émotion qui contracte sa gorge, et l'empêche de bien formuler ses questions.

— Vous ne mangez donc pas quand vous avez faim?

— Pas toujours.

— Veux-tu nous donner ton adresse? Notre maman ira voir la tienne et vous n'aurez plus ni froid ni faim.

— Oh! merci, mon bon petit Monsieur; mais... êtes-vous sûr que votre maman viendra chez nous?

— Oui, oui, s'écrie Paul, j'en suis sûr.

— Et quand cela?...

— Demain, sûrement.

— C'est que... demain... nous ne serons peut-être plus là.

— Ah! Et... où serez-vous?

— Je... je ne sais pas.

— Comment, tu ne sais pas? que veux-tu dire?

— C'est que... voilà... Nous devons « une quinzaine » à la logeuse, et... ce matin... elle est venue dire à maman que si nous ne lui payions pas ce soir au moins une semaine, elle nous chasserait tous les trois; oui, elle a dit comme ça, avec toutes sortes de gros mots... Maman pleurait... Oh! quand je serai grand... je ne laisserai pas insulter ainsi ma maman,... je travaillerai comme travaillait papa. Maintenant, je ne peux pas, je suis trop petit.

— Comment! cette méchante femme va vous mettre dehors!... la nuit!... par un temps pareil? Ce n'est pas possible!

L'enfant ne répond rien, mais sa physionomie franche, loyale et toute résignée n'est que trop éloquente.

— Et... où coucherez-vous?

— Je ne sais pas.

— Mais c'est horrible, cela... Et... combien loue-t-elle sa chambre par semaine?

— Oh! une grosse somme,... trente sous.

— Vous lui devez donc trois francs?

— Oui.

Georges et Paul se regardent: ils se sont compris.

Fouillant de nouveau dans leurs poches, ils vident leur porte-monnaie, qui représente le prix de leurs places au théâtre, dans les mains de leur petit protégé dont les yeux brillent en recevant l'offrande de ses deux bienfaiteurs.

— Oh! c'est trop! c'est trop! bégaye-t-il, la voix tremblante de joie et d'émotion.

— Non, non, prends toujours en attendant que maman aille vous voir.

— Merci! merci! mes bons petits Messieurs... Que Dieu vous bénisse,... vous et votre maman,... qu'il vous conserve votre papa!...

Les enfants s'éloignent suivis de Mariette qui, ne pouvant retenir ses larmes, pleure franchement, sans s'occuper des passants qui la regardent. La brave fille ne peut se rendre compte si ses larmes lui sont arrachées par la misère du pauvre Jacques ou par la bonté de ses petits maîtres.

Ceux-ci sont silencieux, tout à leurs pensées. Un moment leurs regards se rencontrent.

— Pauvre petit! dit enfin Paul.

— Oh! comme cette existence doit être affreuse!

— Et... as-tu remarqué comme il disait... trente sous!... une grosse somme... C'est qu'il le croit que c'est une grosse somme, le pauvre petit.

— Quel bonheur de l'avoir aperçu, Paul. Sans nous, ce soir, cette méchante femme...

— Oh! ne me parle plus de cela, Georges, l'idée de savoir ces malheureux dans la rue, sans abri, se désespérant, pendant que nous serons bien douillettement dans nos lits bien chauds, me fait mal.

— Et ils sont nombreux, comme cela, mes bons enfants, dit Mariette, qui s'était rapprochée.

— Et dire que, tout à l'heure, je souhaitais qu'il neigeât.

— Oui, et nous trouvions que l'hiver ne durait pas assez longtemps. Si tu veux, Paul, nous consacrerons désormais une partie du produit de nos tirelires à soulager les malheureux.

— Mais... où allons-nous, dit brusquement Mariette, qui, toute à son émotion, suivait ses petits maîtres sans s'apercevoir qu'ils marchaient au hasard, sans but, où allons-nous?

— Je ne sais pas, répond Paul, rentrons.

— Bien sûr, réplique Mariette, nous n'avons plus que cela à faire puisque nous n'allons pas au théâtre.

— Mais... si nous rentrons, il va falloir raconter à maman...

— Quoi?... ce que vous avez fait?... Croyez-vous que votre maman vous grondera, par hasard?

— Oh! Mariette! que dis-tu?... mais j'aimerais mieux que maman ne

sût pas ce que nous avons fait... Je ne sais pas comment expliquer ça, mais
il me semble que j'éprouverais bien plus de plaisir à me rappeler ce que nous
venons de faire si personne, même maman, ne le savait.

— Quel bon petit cœur vous faites, Monsieur Georges. Mais... vous ne
dites plus rien, Monsieur Paul, est-ce que vous regrettez de ne pas aller au
théâtre ?

— Moi !... le théâtre !... j'y pense bien, vraiment, je ne donnerais pas
ma journée pour tous les petits Poucets du monde, et c'est mal à toi de...

— Faites excuse, Monsieur Paul, je savais bien que... c'est-à-dire... le
contraire...

Et la brave fille, sans chercher à mettre plus de clarté dans ses phrases,
continue à s'essuyer les yeux avec attendrissement.

— Enfin, tout cela, ajoute-t-elle, ne nous dit pas ce que nous allons faire.
Pour se promener jusqu'à ce soir, il fait trop froid, la neige tombe toujours,
il faut aviser.

— Allons chez le cousin Lucien. C'est à deux pas d'ici, nous passerons
le reste de l'après-midi avec lui. Seulement, tu sais, Mariette, pas un mot de
ce qui s'est passé.

— Mais, dit Paul, qui ne comprend rien à la modestie de son frère, il
faudra bien pourtant parler de Jacques à maman puisque nous lui avons
promis qu'elle irait les voir.

— Nous lui dirons que nous lui avons fait la charité, sans ajouter que
nous lui avons donné le prix de nos places au théâtre.

— Mais, maman nous questionnera sur la pièce.

— Oh ! je la sais presque par cœur ; mes camarades me l'ont racontée
tant de fois au lycée, pendant la récréation !

On arrive chez Lucien, qui est très heureux de la visite inattendue de ses
cousins, car ayant épuisé tous les jeux, il commençait à bâiller et à s'en-
nuyer terriblement.

On cause, on s'amuse, on se dispute toute l'après-midi, et lorsque la nuit
vient et que les allumeurs de réverbères commencent leur service, les

enfants se disposent à reprendre avec Mariette le chemin du domicile de leurs parents.

Ils font donc leurs adieux à Lucien et à sa famille et les voilà dans l'escalier.

Pendant qu'ils descendent, Lucien ouvre la porte-fenêtre qui donne sur le balcon, ramasse vite de la neige, en forme plusieurs boules, et se penchant au dehors, il guette le passage des deux frères.

— Aïe !... aïe !...

— Oh ! oh ! oh !...

— Que c'est froid ! que c'est froid !...

— Ah ! ah ! j'ai de la neige dans le cou !... elle me coule dans le dos... Brrr !...

— Qu'y a-t-il ? que vous arrive-t-il donc, mon Dieu ?

Et la bonne d'accourir au secours de ses petits maîtres.

Sans répondre à la question de Mariette, les enfants lèvent la tête et aperçoivent leur cousin qui, du haut de son balcon, s'amuse de la mine déconfite et furieuse de ses deux amis.

— Tu as de la chance d'être perché si haut, dit Georges en lui montrant le poing, sans cela...

— Oui, oui, ajoute Paul, encore aveuglé par la neige, et, si je n'avais pas peur de casser les carreaux...

— Mais tu ne perdras rien pour attendre...

— Tu verras demain en allant en classe...

— Non, non, mais pendant la récréation, nous réglerons nos comptes...

— Et nous te ferons payer cela, avec usure.

Et Paul, en manière de conclusion, adresse à Lucien force gestes significatifs qui ne laissent aucun doute sur le sort réservé le lendemain à Lucien par ses petits cousins.

Celui-ci ne répond à toutes ses menaces que par un irrévérencieux pied-de-nez, et rit à gorge déployée de la colère de ses cousins et de la bonne farce qu'il vient de leur jouer.

— Oh! oui,... tu ris maintenant, mais rira bien qui rira le dernier.

— Eh bien!... eh bien!... nous allons donc rester ici? demande Mariette.

Il est tard, et vous allez avoir froid, vos vêtements sont mouillés, maintenant, dépêchons-nous, allons vite, vous vous disputerez une autre fois.

Les enfants, moitié riants, moitié furieux, suivent le conseil de leur bonne et se mettent maintenant à courir ; la pauvre Mariette a toutes les peines du monde à pouvoir les suivre.

— Mais n'allez donc pas si vite, Messieurs, je suis toute essoufflée,... je n'en peux plus.

L'idée du bon feu et du bon dîner qui les attend réjouit le cœur des enfants, mais ramène en même temps leur pensée sur le pauvre petit Jacques. Ils échangent de nouvelles réflexions à son sujet.

— Que fait-il à présent ? pense Georges tout haut.

— Il vous bénit, répond Mariette, et sa mère aussi. Pauvre femme ! Vous l'avez délivrée d'une partie de ses angoisses, puisque, grâce à vous, elle a un toit pour abriter sa misère et celle de ses petits pendant quelques jours encore. Une chambre, si misérable qu'elle soit, est toujours un abri, et cela vaut mieux que la rue. Mais, voilà,... dans quelques jours ce sera à recommencer, et elle passera de nouveau par les mêmes angoisses et les mêmes douleurs, et ainsi longtemps,... longtemps,... jusqu'à ce qu'elle meure épuisée, à bout de forces, laissant deux petits orphelins.

— Pourquoi veux-tu qu'elle meure ? tu pousses toujours les choses à l'extrême.

— Dame ! Jacques a dit qu'elle était malade ; sans doute elle a travaillé tant qu'elle a pu, en s'imposant toutes sortes de privations pour nourrir ses petits. Alors la faiblesse est venue, la santé s'use vite à ce régime-là,... travailler... et pas manger. Alors quand la maladie se met dans ces corps-là... elle fait de terribles progrès.

— Je te dis qu'elle ne mourra pas, puisque maman va s'occuper d'elle... Je ne veux pas que tu dises de ces choses-là,... c'est trop horrible,... je ne veux pas qu'elle meure...

— Dans tous les cas, ajoute Georges, ils pourront manger ce soir, tous les trois.

— Et ils pourront se chauffer, il n'auront plus froid.

— Se chauffer !... Hélas ! il n'y a pas de poêles, pas de cheminée dans ces misérables réduits. D'ailleurs, à quoi bon une cheminée, puisque les habitants n'ont rien à mettre dedans?

— Mais, c'est affreux ce que tu dis là, Mariette.

Fort heureusement pour les enfants, on approche de la maison, car sans doute Mariette aurait continué à faire défiler sous les yeux de ses petits maîtres ces lugubres tableaux.

Georges et Paul gravissent l'escalier et, arrivés chez eux, embrassent avec plus d'effusion que de coutume leurs parents qui les attendaient, souriants, et qui furent très étonnés du calme et de la gravité avec lesquels ils pénétrèrent dans l'appartement, eux d'ordinaire si bruyants et si turbulents.

M. et Mme Desjardins les questionnent sur l'emploi de leur après-midi, sur la pièce qu'ils ont vu jouer, et Georges, sans broncher, leur fait un récit fantaisiste de tout ce qu'ils sont censés avoir vu. Quant à Paul, il se contente d'approuver par des signes de tête le récit de son frère.

On se mit à table et les enfants, encore sous l'impression des récits de Mariette, mangèrent peu, faisant mentalement des réflexions sur le bien-être dont ils jouissaient et la misère devant laquelle ils s'étaient trouvés en présence dans la journée. Pour la première fois, ils regardaient avec complaisance et satisfaction tout ce qui les entourait, ce à quoi ils n'avaient jamais fait attention jusqu'alors.

Pendant le dîner, les parents qui observaient leurs enfants et qui lisaient sur leurs traits la préoccupation et même la tristesse s'alarmèrent justement, et, le repas terminé, Mme Desjardins appela Mariette et la questionna.

Elle apprit ainsi ce qui s'était passé, car Mariette ne demandait pas mieux que de parler, et d'ailleurs, tout en le laissant ignorer aux deux enfants, son intention était bien de tout dire « à Madame ».

Aussi, lorsque Georges et Paul vinrent raconter à M. et Mme Desjardins l'histoire de leur petit protégé et prier petite mère de distribuer dorénavant à cette pauvre famille l'argent réservé à leurs menus plaisirs, dont ils pouvaient bien, disaient-ils, se passer désormais, ayant de tout en superflu chez eux, ce fut avec des larmes dans les yeux que les parents les écoutèrent et les pressèrent ensuite sur leur cœur avec force caresses, ce qui étonna fort les enfants qui trouvaient leur demande toute naturelle. Mais, le dimanche suivant, lorsqu'au lieu de les conduire aux Champs-Élysées, M. Desjardins fit prendre à ses enfants le chemin du théâtre de la Gaieté, ceux-ci comprirent qu'ils n'avaient pas été dupes de leur généreux mensonge, et que Mariette avait parlé.

Ainsi qu'elle l'avait promis à ses fils, Mme Desjardins alla visiter la mère de Jacques, s'assura par elle-même et par les renseignements qu'elle prit que cette pauvre famille était très honorable et très intéressante, et se mit en devoir d'assurer son existence.

Elle installa la mère et les enfants dans une chambre plus saine et mieux aérée que le taudis infect et bas dans lequel ils végétaient.

Grâce à quelques fortifiants et à une nourriture égale et régulière, la pauvre mère revint assez vite à la santé. Mme Desjardins lui procura de l'ouvrage et mit Jacques à l'école communale. En attendant qu'elle pût le placer en apprentissage, elle laissait à ses enfants le soin de subvenir aux menus frais de leur protégé.

Depuis ce jour, et grâce à la charge qu'ils avaient résolument acceptée, les deux enfants redoublèrent de zèle et d'assiduité. Paul désormais n'eut plus aucun accès de découragement, ses parents constataient avec plaisir qu'il rivalisait d'ardeur au travail avec Georges, devenu encore plus laborieux lui-même que par le passé. Et M. et Mme Desjardins étaient reconnaissants au petit Jacques du changement que son introduction dans la vie de leurs fils avait opéré sur Paul.

L'ÉCOLE BUISSONNIÈRE

— Jeannot ! Jeannot ! où es-tu ?

— Me voilà.

— Ah ! te voilà. D'où viens-tu encore ?

— Je viens de conduire les chevaux à l'abreuvoir avec Pierrot.

— Et l'école ?... tu n'y penses pas, paresseux. Il est l'heure de partir et tu n'as pas encore mangé ta soupe... Je suis sûre que tu n'as seulement pas appris tes leçons ; le maître d'école va être content !

Jeannot s'assied, sans souffler mot, et se met en devoir de manger sa soupe.

Ce n'était pas un méchant petit garçon que le jeune Jean Deshayes, intelligent, mais paresseux et fréquentant volontiers les mauvais sujets du village. Il s'était surtout lié d'amitié avec un certain petit François Lamourette, dit « Francinet », qui exerçait sur lui une fatale influence.

— J'espère, dit la maman en remplissant le panier de Jeannot de pain bien beurré et de quelques fruits, que tu ne vas pas encore faire l'école buissonnière avec ce mauvais gars de Lamourette et que tu...

— Oh ! non, maman ; je ne m'arrêterai pas, je courrai jusqu'à l'école.

Avec ses parents, Jeannot comprenait que sa conduite laissait beaucoup à désirer, il convenait de ses torts, de ses fautes et prenait pour l'avenir les meilleures résolutions. Mais, s'il rencontrait Francinet sur son chemin, adieu toutes ses belles promesses !

C'est donc dans de bonnes dispositions que Jeannot, après avoir passé son sac à son cou et pris son petit panier au bras, embrasse sa maman, quitte la maison d'un pas rapide pour se rendre directement à l'école.

C'était par une radieuse matinée de mai. Le soleil brillait, dégagé de tous nuages ; les haies fleuries d'aubépine abritaient des oiseaux de toutes sortes, faisant un concert bruyant à travers les branches ; le muguet embaumait le chemin de sa douce senteur.

Un peu grisé par ce beau soleil, par ces chants, par cette bonne odeur de muguet, le petit Jeannot ralentit sa marche. Les oiseaux surtout lui causent de nombreuses distractions : justement il vient de voir sortir d'un buisson une jolie fauvette à tête noire... Sans doute elle construit son nid... là... Jeannot voudrait bien s'en assurer ; il y a si longtemps qu'il désire un nid de fauvettes... Elles chantent si bien !... Une idée... La serine qu'il a en cage va bientôt couver ;... s'il lui donnait les œufs de la fauvette,... elle les ferait éclore avec les siens,... comme cela il pourrait avoir, lui aussi, de petites fauvettes.

Tout en faisant ces réflexions, Jeannot se dispose à entrer dans la haie, lorsque, se ravisant tout à coup, il songe à la promesse qu'il a faite à sa maman. L'enfant hésite,... mais enfin il se décide, en soupirant, à reprendre à pas pressés le chemin de l'école.

Justement, voici la petite cousine Françoise qui s'en va là-bas,... là-bas... Elle se rend à l'école, elle aussi... Comme elle marche vite !... Ah ! c'est qu'elle est exacte, sérieuse, celle-là. Jeannot voudrait bien la rejoindre, d'autant plus qu'une fois près d'elle il n'aura plus de coupables tentations. Aussi, prenant ses sabots d'une main, il se met à courir, en appelant de toutes ses forces : Françoise ! Françoise !!...

Françoise finit par entendre les appels de son cousin ; elle se retourne, mais, craignant sans doute d'arriver en retard à l'école, elle se contente de lui faire un petit signe amical de la main, et poursuit son chemin.

Jeannot, de son côté, continue à courir et parvient enfin à rejoindre la petite fillette. Il est si essoufflé qu'il ne peut d'abord pas parler.

6

— Pourquoi ne m'attends-tu pas quand je t'appelle? dit-il enfin, d'un air fâché.

— Parce que si je me mets en retard, je ne pourrai pas rattraper le temps perdu. Je ne suis pas un petit garçon, moi,... je ne peux pas courir comme toi...

Jeannot ne répond rien et se met à marcher aux côtés de la petite Françoise.

— Alors, tu arrives toujours à l'heure à l'école, toi?

— Oui.

— Tu ne t'arrêtes donc jamais en route?

— Non, jamais.

— Et pourquoi?

— Parce que maman serait mécontente, et je ne veux pas lui causer de chagrin par ma faute,... et puis, l'institutrice me punirait.

— Dis plutôt que c'est de cela que tu as peur.

— Qu'est-ce que tu veux dire?

— Je veux dire que tu crains plus d'être punie que de contrarier ta maman.

— Oh! Jeannot! comme c'est mal ce que tu dis là!... alors, toi, tu n'es pas malheureux et triste quand tu vois ta maman fâchée contre toi?

Jeannot baisse la tête. Il est déjà très mécontent de ce qu'il vient de dire — car il n'a pas mauvais cœur — et il se dit intérieurement qu'il vient de se conduire en méchant petit garçon, et, comme il subit facilement les influences du moment, il se promet de suivre l'exemple de la petite Françoise. En attendant, il se demande ce qu'il pourra bien dire et faire pour réparer sa sottise de tout à l'heure et rentrer en grâce auprès de sa petite cousine devenue silencieuse.

Tout à coup, apercevant une belle branche d'aubépine :

— Oh! regarde, Françoise, la belle branche d'aubépine,... elle est toute fleurie... La veux-tu?... Je vais la cueillir pour toi.

— Non, merci. Elle est très haute, cela demanderait trop de temps.

— Mais non, mais non; tu la donneras à l'institutrice et elle sera contente.

Françoise hésite : la tentation est bien grande; mais, finalement, craignant d'être en retard — ce qui arriverait sûrement — elle refuse l'offre gracieuse de son cousin.

Les enfants allaient continuer leur route lorsque Francinet, le mauvais génie de Jeannot, apparaît au détour du sentier. Lui aussi tient son panier et ses livres pour se rendre à l'école.

— Eh !... Jeannot!... Jeannot!...

Mais Jeannot feint de ne pas entendre les appels de Francinet et presse le pas davantage. La petite cousine a maintenant peine à le suivre.

— Eh ! Françoise!... Eh!... Jeannot!... Comme vous êtes pressés !... Attendez-moi donc, nous irons ensemble à l'école.

Françoise ne répond pas plus que son cousin aux appels de Francinet.

— Alors, continue celui-ci, vous ne verrez pas le beau nid que je viens de prendre dans la haie. Les petits viennent de naître, ils sont tout drôlets.

Cette fois Jeannot s'arrête court et Françoise, moitié par curiosité, moitié pour attendre son cousin, s'arrête également. Francinet les a bientôt rejoints et leur montre les jolis petits oiseaux qu'il tient dans sa main.

Les enfants les contemplent avec admiration et envie.

Mais Françoise se rappelle tout à coup les conseils de l'institutrice, et, prise de pitié, à la vue de ces pauvres petits ouvrant le bec et semblant demander de la nourriture, elle dit à Francinet :

— C'est mal ce que tu as fait là... Tu devrais les remettre dans la haie... Tu ne pourras pas les élever, et leur mère... Tiens, justement la voilà qui vole au-dessus de nos têtes... Oh! je t'en prie, rends-lui ses petits.

— Est-elle sotte, cette petite fille, avec ses sensibleries !

— Écoute les cris de détresse que pousse leur pauvre mère.

— Qu'est-ce que cela me fait? Non, non, non, je ne lui rendrai pas ses petits; je les élèverai moi-même, quoi que tu en dises, et tu verras comme ils chanteront bien plus tard.

— Oh! on a bien raison de dire que tu es un méchant garçon. Je m'en vais... Viens, viens, Jeannot.

Jeannot s'apprête, quoique à regret, à suivre sa petite compagne lorsque Francinet s'écrie :

— Comment! sérieusement, tu vas en classe?

— Mais... oui... Et toi?

— Oh! moi, je vais aller me promener sur le bord de la rivière... J'ai fabriqué une ligne, je vais l'essayer. Et d'ailleurs, je ne peux pas aller à l'école avec ce nid. Le maître me le prendrait et je serais puni par-dessus le marché... Ce sera pour demain... Allons, viens-tu, Jeannot? nous nous amuserons bien.

— Oh! non, j'ai promis à maman...

Françoise intervient :

— Laisse faire à ce mauvais sujet ce qu'il voudra et viens avec moi. Tu sais bien que ta maman te défend d'aller avec lui. Si tu ne vas pas à l'école le maître se plaindra de toi à tes parents et ils sauront avec qui tu es allé. Tu seras puni et tu regretteras de ne pas m'avoir écoutée.

Jeannot hésite. Il regarde alternativement Françoise et Francinet. Cependant il se rapproche de sa petite cousine, qui lui continue ses exhortations. Mais Francinet se moque de lui, lui reproche de se laisser conduire par une petite fille, et Jeannot, craignant de paraître ridicule aux yeux de son ami, se rapproche maintenant de Francinet qui continue à le regarder d'un air narquois.

Françoise essaye de faire entendre encore quelques paroles à Jeannot, mais Francinet, trouvant que cette scène dure trop longtemps, se fâche tout à fait et va même jusqu'à rudoyer la pauvre petite qui s'éloigne en pleurant.

— Tu n'es pas gentil, Francinet, dit Jeannot à son ami dès qu'ils sont seuls, on ne bouscule pas ainsi les petites filles.

— Et pourquoi ?

— D'abord parce que ma cousine est ma cousine, parce qu'elle est trop petite et que c'est lâche,... très lâche de battre une petite fille.

— Alors, je suis un lâche !... Tiens, pan ! pan !

Et, avant que Jeannot ait eu le temps de se reconnaître, il a reçu de Francinet deux vigoureux soufflets. Puis, déposant son nid à terre, Francinet veut de nouveau s'élancer sur son compagnon. Mais Jeannot, revenu de sa surprise, a prévu l'attaque et, comme il est nerveux et bien râblé, quoique plus petit que son adversaire, il administre une sérieuse correction à Francinet, qui est obligé de demander grâce.

Celui-ci se relève tout confus et regarde sa veste déchirée qui lui vaudra, de retour à la maison, une nouvelle correction. Néanmoins il n'en veut pas à Jeannot, bien plus, il est rempli d'admiration — peut-être un peu aussi de crainte — pour la force de son compagnon.

Pendant ce temps, Jeannot, un peu calmé, ayant ramassé ses livres et son sac, se dispose à reprendre le chemin de l'école.

— Où vas-tu? demande Francinet.

— Eh bien, à l'école.

— Maintenant!... mais il est trop tard. Tu auras beau te dépêcher, tu n'arriveras jamais à temps... Tiens, écoute... Neuf heures sonnent à l'église. Tu seras puni pour ton retard et, puni pour puni, tu ferais bien mieux de venir avec moi.

Jeannot hésite... La perspective d'une punition à son arrivée à l'école n'est pas agréable à envisager, et, ma foi,... par ce beau temps... il ferait mieux... Aussi interroge-t-il brusquement Francinet :

— Et où irons-nous ?

— « A la pipée ». J'ai pris du crin à la queue du cheval de papa, tu sais, « la Grise »... Son crin est solide, et nous allons le tendre dans le bois près de l'étang, où les petits oiseaux viennent boire en foule. Tu verras comme nous nous amuserons !

— Et si « le garde » nous voit ?

— Il ne nous verra pas, imbécile; nous nous cacherons, car, si nous ne nous cachions pas, les oiseaux ne viendraient pas se faire prendre.

— Mais, tu sais donc faire la pipée? Qui t'a appris ?

— Le « grand Jules » donc, le valet de ferme de papa... Je te montrerai aussi,... ce n'est pas difficile, seulement il ne faudra le dire à personne, parce que... si M. le maire le savait...

— Alors, c'est défendu?

— Tiens ! bien sûr.

— Oh bien ! je crois que je ne m'amuserai pas, parce que j'ai trop peur d'être surpris... Si tu veux, nous irons pêcher, j'aime mieux ça.

— Comme tu voudras.

Et les deux enfants se dirigent vers la rivière bordée de saules que longent des prairies verdoyantes.

Arrivés au bord, ils se mettent en quête d'une bonne place, où ils pourront prendre beaucoup de poissons et n'être pas trop exposés à l'ardeur du soleil. Ils continuent donc à avancer, cherchant un emplacement convenable.

— Ah! tiens, là-bas, vois-tu ce gros bouquet de saules? Allons-y, nous serons bien à l'abri, et il y a beaucoup de poissons, c'est le « grand Jules » qui me l'a dit.

Les enfants se hâtent vers l'endroit désigné par Francinet,... mais, ô désespoir, la place est prise!...

— Allons ailleurs, dit philosophiquement Jeannot.

— Pourquoi?... Tu as peur du « bossu » ?

— Non, mais...

— Viens donc, suis-moi. Je me charge d'avoir sa place d'ici quelques minutes, si tu veux m'aider, et, pour cela, remplis tes poches de cailloux.

— Comment, tu veux lui jeter des pierres?... Ah mais,... pour cela, je ne veux pas, par exemple... Ce serait trop méchant... Il ne nous a rien fait; au contraire, il est très gentil, le bossu,... et les belles chansons qu'il chante le soir à la veillée...

— Que tu es nigaud! Ce n'est pas à lui que nous lancerons des pierres... Tiens, regarde...

Et Francinet se met à lancer des cailloux dans la direction de la ligne du bossu.

— Fais comme moi; nos pierres vont troubler l'eau, cela dérangera le poisson, et le bossu sera bien forcé de s'en aller ailleurs.

Le « bossu », comme on le désigne dans le village, pauvre garçon déshérité, mal fait, boiteux, un peu naïf, est l'objet des railleries des mauvais sujets du canton. Impropre, par suite de ses infirmités et de sa faiblesse, à aucun travail des champs, il vit misérablement dans une pauvre cabane, rendant volontiers service, et faisant pour les gens du pays quelques commissions qui l'aident à vivre. Inoffensif et doux, il aime beaucoup les enfants, fabrique des sifflets avec les branches des jeunes saules, confectionne des jouets de toute sorte, et sait les amuser en répétant les

naïves histoires que sa grand'mère lui contait autrefois au coin du feu.

Surpris par cette avalanche de pierres, le bossu se retourne et, apercevant les deux enfants :

— C'est mal, mes petits amis, ce que vous faites là, dit-il d'une voix très douce... Ah ! tiens, c'est toi, Francinet ?...

tu aimes donc toujours à faire des farces ?... Pourquoi ne me laisses-tu pas pêcher tranquillement? Approchez-vous, regardez-moi et, si vous êtes gentils, je vous donnerai du poisson.

— Nous voulons pêcher aussi, dit Francinet en s'avançant, tandis que son compagnon, tout penaud et assez honteux, reste en arrière.

— Eh bien, il y a de la place pour trois, nous ne nous gênerons pas, et il y a assez de poissons dans la rivière pour que nous en prenions tous. Voulez-vous que j'amorce vos lignes ?

— Non,... nous ne voulons pas de ta compagnie... Nous voulons que tu t'en ailles, répond grossièrement Francinet.

Et, sans attendre la réponse du bossu, il le pousse brutalement et le bouscule très fort en appelant Jeannot pour qu'il l'aide à chasser le pauvre malheureux qui se débat désespérément. Il va succomber et être forcé de céder la place, lorsque, brusquement, le pied de Francinet glisse sur le talus et... il roule au fond de l'eau.

Jeannot pousse un grand cri et se met à appeler au secours de toutes ses forces. Mais la campagne est déserte et le village bien éloigné. Seuls, les oiseaux répondent par leurs chants aux cris de notre petit ami. Personne ne viendra... Francinet est perdu !...

Pendant que Jeannot se désespère et court comme un fou le long de la rivière, le bossu, n'écoutant que son cœur, et oublieux de l'odieuse attaque dont il vient d'être victime, se débarrasse promptement de sa blouse et plonge à l'endroit même où il a vu disparaître Francinet.

Jeannot, en le voyant plonger, pousse un second cri, puis, anxieux, tout en pleurs, le corps penché en avant, il fixe fiévreusement la rivière, les yeux agrandis par la terreur, dans l'attente de ce qui va se passer.

Au bout de quelques secondes, qui paraissent mortellement longues à Jeannot, l'eau s'agite de nouveau et le bossu reparaît à la surface, traînant après lui le petit Francinet complètement évanoui. Nageant de sa main restée libre, il a bientôt atteint la berge sur laquelle il dépose son fardeau. Aidé de Jeannot qui tremble de tous ses membres, croyant son ami mort, il déshabille Francinet et le frictionne énergiquement pour le rappeler à la vie.

Grâce à ces frictions intelligentes, Francinet reprend ses sens peu à peu et, ouvrant les yeux, il voit, agenouillés près de lui, Jeannot le visage inondé de larmes et le bossu qui, tout heureux de le voir revenir à la vie, lui sourit.

— Où suis-je?.., que faites-vous?.., que s'est-il donc passé? demande faiblement Francinet, qui dans le premier moment ne se rappelle rien.

— Allons, ne te fatigue pas à parler, nous t'expliquerons cela plus tard.

— Mais non, mais non, tout de suite, tout de suite! s'écrie Francinet qui cherche à rassembler ses souvenirs.

— Eh bien, s'écrie brusquement Jeannot, en éclatant en sanglots, tant le remords l'étouffe, tu as voulu... nous avons voulu chasser ce pauvre...

— Chut! chut! interrompt doucement le bossu; tu as voulu pêcher à la ligne, Francinet, en t'installant près de moi, ton pied a glissé, et tu es tombé dans la rivière... Heureusement que j'étais là... Hein! tu vois que le bossu a du bon et qu'il peut être utile quelquefois.

— Oh oui, s'écrie Jeannot; sans vous, Francinet était perdu!.. Oh! comme je vous suis reconnaissant, et comme je suis honteux de...

— C'est bon, c'est bon... nous réglerons cela tout à l'heure.

Pendant ce dialogue, Francinet, revenu à lui, s'est brusquement rappelé la scène qui s'était passée entre le bossu et lui. Embarrassé, confus, il reste immobile, les regards baissés, n'osant articuler une parole.

— Eh bien, Francinet, qu'as-tu donc? te trouves-tu plus mal?

— Non, mais je suis si honteux! Tu me pardonnes, Charlot?

— Allons, viens m'embrasser, et que tout soit oublié.

L'enfant ne se le fait pas répéter, et c'est en sanglotant qu'il se jette au cou de son brave sauveteur.

— Comme tu es bon! Charlot, comme tu es bon! Tu ne m'en veux plus, dis?

— Je ne peux pas t'en vouloir. N'es-tu pas assez puni de ta faute, comme cela? Seulement, vois-tu, il ne faudra plus... Mais d'abord, laisse-moi t'installer ici, au soleil, là!... Et maintenant, mes petits amis, permettez-moi de vous donner un conseil. Il ne faut jamais être dur pour les malheureux et méchant envers les pauvres déshérités. J'espère, Francinet, que tu t'en souviendras à l'avenir.

— Oh oui! j'ai été cruel et lâche, mais pour la dernière fois, je te le promets, Charlot; tu voudras bien devenir mon ami, n'est-ce pas?

Et, ne sachant quelle preuve donner de sa reconnaissance au bossu, Francinet lui offre le nid qu'il a déniché le matin.

— Merci, merci, mon ami, répond Charlot en souriant, j'aime mieux entendre les oiseaux chanter dans les haies que dans les cages; mais si vraiment Jeannot et toi vous voulez me faire plaisir, eh bien...

— Parle, parle.

— Promettez-moi de mieux employer votre temps à l'avenir et de ne plus courir les champs pendant les heures de classe. Promettez-moi enfin de bien travailler et de ne plus jamais faire l'école buissonnière. Dites, voulez-vous me faire cette promesse?

— Oui, oui, nous le voulons bien, Charlot, répondent à la fois les deux enfants.

— Je serai exact et studieux, tu verras; tu seras content de mes progrès.

— Sans compter, ajoute Jeannot, que nous ferons plaisir à nos parents... Oh! si maman savait ce qui nous est arrivé!...

— Elle ne le saura pas, sois tranquille, ni tes parents non plus, Francinet. Vous savez bien que vous n'avez pas d'indiscrétion à craindre de ma part. Tes vêtements sont secs maintenant; allons, petit, rhabille-toi, et rentrez tous les deux chez vos parents. Il est temps, l'école doit être finie. Allons, au revoir, et souvenez-vous de vos promesses.

Les deux enfants, après avoir de nouveau remercié le bossu, reprennent le chemin de l'habitation de leurs parents. Ils marchent d'abord silencieux aux côtés l'un de l'autre, chacun réfléchissant à ce qui vient de se passer. Jeannot prend le premier la parole.

— Dis donc, Francinet?

— Quoi ?

— Tu sais, tu l'as échappé belle, et, sans Charlot !... C'est beau, n'est-ce
pas, ce qu'il a fait, après la façon dont tu l'avais traité, d'autant plus que
la rivière est, dit-on, très profonde à cet endroit, et plus loin il y a un
trou... Et pourtant il n'a même pas hésité... Moi, à sa place, je crois que
je n'aurais pas agi comme lui.

— Ni moi non plus.

— Car enfin il pouvait se noyer en voulant te sauver. Aussi, à l'avenir,
c'est bien entendu, n'est-ce pas, nous suivrons ses conseils et ceux de la
petite Françoise ; nous ne ferons plus jamais l'école buissonnière, et nous
nous amuserons les jours de congé seulement.

— Oui, c'est bien résolu... et, quand je me promets quelque chose...

— A propos, qu'est-ce que tu as ressenti, quand tu t'es vu tomber dans
l'eau ?

— Je ne sais plus... J'ai d'abord voulu ouvrir la bouche pour crier ;
mais l'eau, en y pénétrant, m'empêchait de respirer, mes oreilles se sont
mises à tinter, mes tempes à battre,... c'était terrible. Puis j'ai eu l'idée
que j'allais mourir et... je ne me rappelle plus jusqu'au moment où j'ai repris connaissance sur l'herbe.

— Moi, je crois que je me serais évanoui tout de suite en tombant,
tant j'aurais eu peur.

En causant ainsi, les enfants ont regagné la grande route et, au détour
du sentier, ils aperçoivent les petits garçons et les petites filles revenant
tout heureux de la classe. Ils jouent, ils sautent, ils gambadent le long des
haies, causant, riant, chantant, cueillant les fleurettes, poursuivant les
papillons.

A la vue de Francinet, du « terrible » Francinet, en rupture d'école, les
jeux s'arrêtent comme par enchantement, les petites filles se cachent derrière les garçons, et tous demeurent interdits.

C'est que Francinet a toujours voulu jusqu'ici mener ses camarades,
leur imposant ses volontés et les malmenant toujours. Certains changent

L'ENFANT SE JETTE EN SANGLOTANT AU COU DE SON BRAVE SAUVETEUR.

brusquement de chemin pour l'éviter; d'autres, plus hardis, prennent leurs dispositions de combat et attendent de pied ferme, car M. Francinet est toujours de mauvaise humeur quand il a fait l'école buissonnière pendant la journée.

Mais, à la grande stupéfaction de tous, nos deux écoliers rejoignent les autres enfants, le sourire aux lèvres. Francinet, feignant de ne pas remarquer leurs sentiments hostiles, les interpelle amicalement, et veut prendre tranquillement avec eux le chemin de la ferme, sans leur adresser ni injures ni bourrades.

— Eh bien, es-tu content de ta journée, vilain petit cousin? crie Françoise à Jeannot.

— Oh! non, petite Françoise... Si tu savais tout ce qui nous est arrivé!... Mais c'est bien la dernière fois que je fais l'école buissonnière.

— Tu dis toujours cela quand tu en reviens. C'est que tu es mécontent de toi maintenant; tu as peur que ta mère ne l'apprenne, et tu sais que tu seras puni demain par l'instituteur.

— C'est vrai, petite Françoise,... les autres jours,... mais, aujourd'hui... ce n'est pas pour cela, et c'est sérieux, va, notre résolution. Je dis notre, car Francinet pense comme moi. Désormais, nous nous rendrons régulièrement à l'école par le chemin le plus court, et nous serons sages et laborieux comme toi. N'est-ce pas, Francinet?

— Oui, Jeannot. Et je te demande bien pardon, petite Françoise, de t'avoir bousculée si fort, ce matin; mais, ce matin, j'étais encore méchant,... maintenant je ne le suis plus et ne le serai plus jamais à l'avenir. Je vous demande à tous de me pardonner toutes les misères que je vous ai faites, et vous prie de ne plus fuir à mon approche, ni de me détester comme par le passé.

L'étonnement rend les enfants muets. Ils regardent Francinet, ne comprenant absolument rien à ce changement subit; ils l'attribuent même à quelque nouvelle espièglerie de Francinet; beaucoup croient que notre ami se moque d'eux, et se serrent davantage les uns contre les autres.

Cependant Francinet s'approche de Françoise :

— Veux-tu, dis, me pardonner?

Et la bonne petite Françoise, aussi étonnée que les autres, mais croyant, elle, aux bons sentiments de Francinet, lui tend sa petite joue brunie sur laquelle son ancien ennemi met un gros baiser.

— Et, demande Jeannot, en venant embrasser sa cousine à son tour, dis-nous, Françoise,... est-ce bien difficile de travailler?

— Oh! non. Faire plaisir à papa et à maman, ce n'est pas difficile... C'est tout simple. Et puis... quand on travaille, on a de belles récompenses: tiens, regarde les belles images que l'institutrice m'a données aujourd'hui.

— Oh! comme c'est beau!

— N'est-ce pas ?... L'institutrice les appelle des « bons points scolaires »; elle nous a dit que le jour où nous en aurions douze on nous les réunirait en un joli petit volume relié. Oh! si tu voyais comme ils sont beaux, ces petits livres! la couverture est toute rouge... Papa et maman vont être bien contents.

Pendant ce colloque, tous les enfants se sont rapprochés, n'ayant plus de défiance à l'égard de Francinet; ils se montrent mutuellement les images qu'ils ont reçues.

— Et nous pourrons en avoir aussi? demandent les deux amis.

— Naturellement; si vous travaillez, vous en aurez comme nous... et la preuve, tiens, regarde Pierrot, il en a obtenu deux aujourd'hui. L'instituteur a les mêmes récompenses pour vous que l'institutrice pour nous.

— Oh! alors, dès demain nous en aurons, n'est-ce pas, Francinet?

— Oui, oui, nous en aurons, répond énergiquement Francinet.

Quelques jours, quelques semaines se sont écoulés, et les parents de Francinet et de Jeannot sont émerveillés de la conduite, du travail et de l'assiduité de leurs enfants. Ceux de Francinet, principalement, ne s'expliquent pas sa conduite. Lui, si désobéissant, si indiscipliné, si tapageur, est devenu brusquement très doux, très soumis et parfaitement tranquille, se rendant utile à chacun dans la mesure de ses forces, et ne cherchant qu'à contenter tout le monde.

Très heureuse, mais très intriguée de cette brusque conversion, sa maman le presse de questions.

— Eh bien, je vais tout vous dire, s'écrie Francinet, qui maintes fois déjà, étouffé par le remords de sa mauvaise action, a été souvent sur le point de tout avouer à sa mère.

Et il raconte à celle-ci ce que nos petits lecteurs connaissent déjà, en exaltant le courage et le bon cœur du bossu.

Celui-ci est devenu l'ami, le confident des deux enfants. Ils vont le voir très souvent, l'écoutent avec déférence et lui demandent ses conseils. En même temps que ses amis, ils se sont érigés ses protecteurs, et malheur à celui qui raillerait ou maltraiterait le bossu en leur présence!

UN PREMIER ET UN DERNIER VOYAGE

— Eh bien, père Mahurec, nous sommes donc toujours gai?... Nous chantons toujours notre petite chanson?

— Mais oui,... mais oui, on est content... Un petit air en s'en retournant, ça ne fait de mal à personne et ça distrait,... pas vrai?

— Et je crois qu'il y a un peu de vent dans les voiles,... hein?

— Possible, Jean-Marie, possible, « par rapport à ce que » nous venons de l'auberge de « la Pomme de pin », les camarades et moi, à preuve que je les ai même laissés là-bas, les camarades... Oui, nous venons de conclure un nouvel engagement avec le capitaine Le Couëdic pour la pêche de la morue.

— Oh alors, je ne m'étonne plus... Mais, au lieu de tenter de nouvelles aventures, vous feriez peut-être mieux de songer à vous reposer, car vous vous faites vieux,... soit dit sans vous offenser, père Mahurec. Vous devriez maintenant aller planter vos choux.

— Planter mes choux!... Ah çà, est-ce que tu crois que je suis « un terrien » comme toi?... Planter mes choux!! Par la sainte Anne d'Auray, j'espère bien voyager longtemps encore et laisser ma vieille carcasse là-bas, en plein Océan...

— Du calme, du calme, père Mahurec, je n'ai pas voulu vous offenser...

mais vous avez beau dire, voyez-vous, moi, j'aimerais mieux savoir ma vieille carcasse, comme vous dites, reposer en terre sainte, dans le cimetière du pays, où il doit faire si bon dormir, que la donner en pâture aux requins.

— Pour lesquels ce sera un maigre régal, hein?... Ah çà, Jean-Marie, sais-tu que tu es funèbre?... Mâts et voilures! un marin qui meurt dans son lit, allons donc!... Quand la camarde viendra, je serai debout pour lui dire : Présent!...

— A votre aise, père Mahurec, à votre aise!... Allons, au revoir, et... sans rancune... Dimanche, après la messe, nous prendrons un pichet de cidre ensemble avant votre départ. C'est dit?...

— C'est dit.

Et le vieux marin se met à continuer sa route vers le village, en reprenant sa chanson.

> — Pour de l'argent, je n'en ai guère,
> Je n'ai que mon vieux chapeau,
> Ma carabine et mon manteau.

Oh ! ces terriens!... tous les mêmes!... proposer à un vieux loup de mer comme moi de ne plus naviguer!... Tonnerre de Brest ! J'espère bien faire une ou deux fois encore le tour du monde...

> Brave marin se mit à boire,
> Se mit à boire et à chanter,
> Et l'hôtesse se mit à pleurer.

... Et cependant, il a peut-être raison, continue Mahurec, en passant devant une jolie petite maisonnette entourée de fleurs, la propriété d'un de ses vieux camarades... Eh oui ! peut-être bien que je me rangerai, moi aussi... Mais je ne suis pas encore assez riche,... il me manque un peu d'argent...

> — Ah ! qu'avez-vous, Madame l'hôtesse ?
> Regrettez-vous votre vin blanc,
> Que le marin boit en passant?

Il y a la maison à Kernadec qui ferait bien mon affaire... Oui... Mais

il paraît qu'il en demande beaucoup,... beaucoup d'argent... Enfin, faudra
voir cela... à mon prochain retour.

> — C'est point mon vin que je regrette,
> C'est la perte de mon mari,
> Monsieur, vous ressemblez à lui.

C'est qu'il a raison, Jean-Marie,... si usée qu'elle soit, laisser sa carcasse
aux requins... On a beau être brave, on fait la grimace en y songeant.
Quand la bête a refermé sur vous sa grande gueule : Bien le bonsoir,
mon camarade... Personne ne se souvient de vous,... tandis que là-bas,
dans le petit cimetière ensoleillé, c'est bien différent : les femmes, les filles,
sans compter les camarades, passent à côté de vous, le dimanche, en
allant à la messe, et parfois quelqu'un dit: « C'est ce brave Mahurec
qui dort là... » On n'est pas oublié... Mais, qu'est-ce qui roule donc là
dans ma moustache? Serait-ce une!... Par mon saint patron, eh oui!
c'est une larme... Ah! père Mahurec, si les camarades te voyaient!...
Allons, allons, la brise va sécher ça...

> — Ah! dites-moi, la belle hôtesse,
> Vous aviez de lui trois enfants,
> Vous en avez six, à présent.

Aussi, a-t-on jamais vu!... Est-ce que je songeais, moi?... Je n'avais
jamais réfléchi à tout cela, pas plus qu'à me pendre,... c'est cet animal
de Jean-Marie avec ses histoires...

> — On m'a écrit de la Rochelle
> Qu'il était mort et enterré,
> Et je me suis remariée.

Tonnerre de!... Qu'est-ce qui me fait donc trébucher, maintenant? Ah!
décidément, je ferai bien de reprendre la mer au plus tôt... Je ne me sens
pas solide sur ce satané « plancher des vaches »...

— Eh! prenez donc garde, père Mahurec, vous allez m'écraser.
— Tiens, c'est, ma foi, vrai!... Pourquoi diable aussi es-tu si petit?
je ne te voyais pas... Et qu'est-ce que tu fais là, marmouset?

-- Je travaille, père Mahurec, je fais un petit bateau.

— Tu travailles!... dis plutôt que tu t'amuses. Au lieu de t'occuper à des bêtises, tu ferais bien mieux de songer à naviguer... Mais comment t'y prends-tu?... Jamais tu n'arriveras à rien en travaillant aussi maladroitement. Passe-moi ton ouvrage...

Et le vieux marin prend des mains du petit Yves le morceau de bois que l'enfant s'essayait à former.

— Çà! un bateau!... s'exclame Mahurec... Tu ne sais pas te servir de ton couteau, petiot, continue-t-il, sans s'apercevoir du profond découragement que ses paroles font naître sur le visage de l'enfant... Il est vrai qu'il coupe si peu!... N'importe, regarde comme je fais, et... attention!... Je vais lui donner une forme, moi, à ton bateau. Vois-tu, marmouset, il n'y a que les vieux pour se tirer d'un mauvais pas, les jeunes, ça ne sait rien faire.

De grosses larmes jaillissent des yeux de l'enfant.

— Par mon saint patron! le voilà qui pleure à présent!... Qu'est-ce que tu as?...

— Vous me faites de la peine, père Mahurec.

— Moi?...

— Oui, en me disant que je ne sais rien faire.

— Et c'est ça qui te convertit en fontaine? Ah! ah! ah! tu es donc une fille pour lâcher comme cela tes écluses? Allons, allons, ferme tes écoutilles, que je te dis, mauviette, et dis-moi pourquoi tu pleures, car tu ne me feras pas croire que c'est pour une phrase, pour un mot en l'air, que j'ai dit sans prêter attention...

— Si,... parce que depuis longtemps déjà je cherche ce que je pourrais bien faire pour aider ma grande sœur Yvonne qui a tant de mal à nous élever, mes trois petits frères et moi. Alors j'avais songé à tailler des bateaux, pour vendre aux petits messieurs des villes quand ils viennent ici... Oh! vous avez beau sourire, père Mahurec, si j'avais eu un couteau...

— Et pourquoi ne t'engages-tu pas?

— M'engager ?

— Oui, pourquoi ne t'engages-tu pas comme mousse ?

Les yeux de l'enfant lancèrent un éclair.

— Oh ! j'y songe souvent, bien souvent ; mais, regardez-moi, père
Mahurec, je suis si petit.

— Bast, je n'étais guère plus gros que toi, moi, quand j'ai pris la mer pour la première fois... Quel âge as-tu?

— Douze ans.

— Juste l'âge que j'avais.

— Et puis, reprit l'enfant dont le visage s'assombrit, ma grande sœur Yvonne consentirait-elle ?... Bien des fois, à la veillée, j'ai été sur le point de lui en parler, mais je n'osais pas, car ici, je lui rends encore quelques services, tandis que là-bas,... bien loin... Et puis, ajouta le petit Yves en baissant la voix, elle porte encore le deuil de notre père qui est mort il y a deux ans à Terre-Neuve, et j'ai peur, en lui disant mes projets, de la rendre trop triste.

— Bast! Bast! Elle sait bien que le fils d'un marin doit être un marin, c'est tout simple. Si le fils du brave Keromnès, qui était un rude homme, celui-là, voulait se faire terrien, je lui retirerais mon estime, et ton père... te maudirait, petiot.

Et Mahurec abandonnant le bateau qu'il façonnait, tout en continuant à causer, se mit à regarder le petit Yves avec des yeux qu'il essayait de rendre féroces :

— N'ayez aucune crainte, père Mahurec, je serai marin.

— Alors, mieux vaut commencer tout de suite que plus tard, c'est mon avis... Ah! le métier est rude. Il y a plus de taloches que de miches de pain à recevoir, mais, puisqu'il faut en passer par là... J'y suis passé, moi qui te parle, comme les camarades, et je ne m'en porte pas plus mal, tu vois... Là, voici ton bateau à peu près fini, il a au moins une forme, maintenant. Tiens, regarde-moi ça, petiot. Est-ce assez coquet, assez élancé !... Oh! tu peux l'essayer, je réponds de sa solidité.

— Merci, père Mahurec, merci.

— Mais ce n'est pas tout. Voyons, causons peu, mais, causons bien, reprit le vieux marin. Ainsi donc tu veux être mousse, tu es bien décidé ?...

— Oui, père Mahurec.

— Voyons, réfléchissons.

Et Mahurec, ôtant son béret, le remit, se gratta la tête, et renouvela plusieurs fois cette mimique qui prouvait que le travail de la réflexion était lent chez lui, et qu'il n'y était pas habitué.

— Il me semble bien, dit-il enfin, tout en se parlant à lui-même, que le capitaine n'a pas de mousse,... non, il n'en a pas... Pourtant, c'est à voir... Mais, encore une fois, non ;... il a énuméré le nom de tous les gens de l'équipage et pas la moindre trace de moussaillon... Si je lui présentais mon protégé ?... Le protégé du père Mahurec en vaut bien un autre... Veux-tu débuter avec moi, marmouset ? reprit-il tout haut. Je te présenterai au capitaine... Nous partons dans deux ou trois jours... et, vogue la galère... Ça te va-t-il ?... Alors, tope là.

L'enfant se leva et, pour toute réponse, mit sa petite main dans la main caleuse du vieux marin, qui la serra avec tant de force que le petit Yves pâlit de douleur, mais n'osa pas cependant jeter un cri.

— Il faut que j'aille prévenir ma sœur. Si... vous vouliez m'accompagner, père Mahurec, vous lui expliqueriez...

— C'est cela, allons dire à ta sœur de préparer tes hardes, nous n'avons pas de temps à perdre, tu sais.

— Oh ! si ma grande sœur Yvonne consent à mon départ, soyez sûr que je serai prêt, j'ai si peu d'effets, et ma sœur a tant d'ordre...

— Allons, assez causé, en route.

Et sans plus faire attention à son petit compagnon, le vieux marin reprit, tout en marchant, sa chanson favorite :

> On m'a écrit de la Rochelle
> Qu'il était mort et enterré,
> Et je me suis remariée.
>
> . . . .
>
> . . . .
>
> Brave marin vida son verre,
> Sans remercier, tout en pleurant,
> S'en retourna au régiment.

Deux jours plus tard, le père Mahurec frappait à la cabane du petit Yves. Il le trouva prêt à partir, les bras passés autour du cou de sa grande sœur qui pleurait. Les petits voyant Yvonne en larmes, et comprenant que leur frère allait partir, qu'on ne le verrait plus de longtemps,... longtemps, s'accrochaient à ses habits en pleurant à chaudes larmes.

Malgré sa tristesse, Yves était radieux. Bien qu'il eût le cœur serré de quitter sa sœur et ses petits frères, l'idée que c'était pour eux qu'il allait travailler le rendait heureux malgré tout.

Il était occupé à expliquer tout cela à sa sœur Yvonne lorsque Mahurec entra. Le vieux marin consola la jeune fille comme il put, c'est-à-dire assez maladroitement, car les larmes d'Yvonne jaillirent de ses yeux, malgré ses efforts pour les retenir, et elle craignait d'attrister ainsi son frère, de lui enlever son courage.

— Allons, allons, marmouset, en route, et de l'avant. Il faut que nous soyons arrivés avant ce soir, car demain la besogne va commencer, dit Mahurec, en prenant le chemin de la porte.

A ce moment les larmes de la pauvre Yvonne redoublèrent et, se jetant au cou de son frère, elle le couvrit de baisers, le regardant, comme si elle n'eût dû jamais le revoir et qu'elle eût voulu graver à tout jamais ses traits dans sa mémoire.

— Voyons, voyons, dit Mahurec, regardez cette belle journée, ce ciel pur, cette mer calme, n'est-ce pas d'un heureux présage? On revient toujours quand on s'embarque par un si beau temps.

Mais Yvonne hochait la tête. Son père, son grand-père étaient partis, eux aussi, le cœur content, par une belle journée de printemps, et n'étaient pas revenus...

Enfin, il fallait se quitter cependant. Et Yves, passant au bout d'un bâton le peu de linge que lui a préparé sa sœur, embrasse les siens une dernière fois et sort de la pauvre maisonnette.

Yves descend, en compagnie de Mahurec, un petit sentier non sans se retourner souvent pour envoyer des baisers à la grande sœur et aux petits frères restés sur le seuil de la porte. Mais bientôt un détour du chemin les lui dérobe, il entend encore leurs voix, lui souhaitant un bon voyage, mais il ne les voit plus...

Nos deux amis gardent le silence. Le père Mahurec, contre son habitude,

est triste et soucieux. La scène dont il vient d'être témoin l'a ému et le fait revenir cinquante ans en arrière. Comme le petit compagnon qui marche à ses côtés, lui aussi était parti, un beau matin, la chanson aux lèvres, heureux de pouvoir gagner quelque argent, et, au retour, alors qu'il arrivait le cœur tout ému, et joyeux de la surprise qu'il espérait causer à sa mère, il avait trouvé la maison vide, la pauvre vieille, usée par les fatigues et les privations, n'avait pu attendre le retour de son fils et dormait dans un coin du cimetière. L'argent qu'il rapportait servit à lui acheter une croix de pierre et des fleurs.

De son côté, Yves songe que de lui seul va dépendre maintenant le bonheur ou la misère des siens, et cette pensée le rend sérieux. Mais l'attrait de l'inconnu et la confiance de la jeunesse lui font vite revenir la gaieté dans le cœur. Aussi est-ce d'une voix presque joyeuse qu'il interroge « son ancien ».

— Est-ce qu'il y a loin, père Mahurec, d'ici au port de Vannes?

— Nous avons bien six bonnes heures de marche.

— Ah !

— Est-ce que tu te sentirais déjà mal dans les jambes?

— Oh!... père Mahurec!...

— C'est que nous allons suivre le rivage... et il ne faut pas songer à rencontrer une voiture qui te prendrait à la remorque... Ça non, par exemple.

— Mais je ne me plains pas... Ne vous inquiétez pas de moi, père Mahurec, je marcherai autant qu'il faudra marcher... Comment s'appelle notre navire?

— La *Sancta-Maria*. Oh! je le connais celui-là,... un rude navire... et un capitaine... solide, un vrai dur à cuire; pas méchant, quoiqu'il en ait l'air, mais à une condition, c'est qu'on ne bronche pas et qu'on remplisse exactement son service... Pour cela, à cheval sur la discipline... Ah dame! petiot, il va falloir « trimer » un peu.

— Est-ce que nous serons nombreux à bord?

— Une vingtaine,... trente au plus... Es-tu douillet?

— Je ne crois pas.

— Ah! c'est qu'il y aura sans doute de mauvais gars — il y en a partout — qui te secoueront un peu... rudement. Il est vrai que je veillerai au grain,... mais pas toujours. Enfin, nous avons tous passé par là, comme je te l'ai dit, et tu n'en seras pas plus exempté que les camarades,... pas vrai?... petiot...

— Assurément, père Mahurec.

Mais l'enfant devient tout à coup songeur. Travailler, il ne demande pas mieux, il est plein de bonne volonté, mais, être battu, alors que le devoir est accompli, cela lui paraît dur et injuste... Enfin!... mais, en revanche, il rapportera de l'argent à Yvonne, et ce mot magique : de l'argent, lui fait oublier tous les autres ennuis et sa figure rayonne de joie.

— Père Mahurec!... Père Mahurec!!...

— Attends donc, marmouset, que j'aie allumé ma bouffarde... Satané vent, va!...

Sa pipe allumée, le vieux marin en aspire avec délices plusieurs bouffées coup sur coup, et regagnant à grandes enjambées son petit ami qui a pris les devants :

— Qu'est-ce que tu veux?

— Je désirerais savoir si je gagnerai beaucoup d'argent à bord de la *Sancta-Maria.*

— Cela dépendra de ce que nous pêcherons.

— Ah!... Et... comment cela?

— Parce que tu auras la moitié de ce que j'aurai, moi. Ainsi, suppose — et je l'espère bien — suppose que je rapporte mille francs, il me les faut... Il... me... les... faut,... je te dis... J'ai mon idée. — Mahurec pensait à la maisonnette qui était à vendre dans son village.

Et, comme l'enfant le regarde étonné, ne comprenant rien à son insistance, le vieux marin se met à sourire.

— Vois-tu, je suis vieux, petit; mes jambes ne sont plus très solides, je sens ça, et dame,... je crois que ce sera mon dernier voyage,... c'est mon intention — quant à présent, du moins. — Et, au retour, — si nous revenons, — j'achèterai, si elle est toujours à vendre... mais, tu n'en parleras à personne, là-bas,... à bord, de ce que je vais te dire.

— Oh! non, je vous le promets, père Mahurec.

— Eh bien, tu connais la maison qui est près de l'église, tu sais, la maison habitée de son vivant par le père Kernadec?

— Oui,... et elle est bien jolie : il y a de belles fleurs, elle est exposée en plein midi, et le jardin est rempli de fruits.

— J'ai envie de l'acheter et d'y finir mes jours... comme un terrien, puisque la grande mangeuse d'hommes n'aura pas voulu de moi.

— Oh ! mais elle coûte cher la maison du père Kernadec,... elle sera bien vendue six cents francs, a dit le gars Alan à ma grande sœur.

— Je sais,... je sais,... mais le père Mahurec a de l'argent de côté,... oui, oui, petiot, il a fait des économies, ton vieux loup de mer, mais il faut que je fasse ce dernier voyage à Terre-Neuve, non pas pour la payer,... cette maison, j'ai ce qu'il faut, mais j'aurai besoin d'une barque ; tu comprends bien qu'il me serait impossible de toujours rester à terre, moi qui navigue depuis bientôt cinquante ans. Non, je veux une barque, pour aller de temps en temps soit pêcher, soit me promener un peu, tu comprends ?...

— Oui, oui, très bien. Vous voulez devenir rentier comme le brave père Kernadec.

— Tu l'as dit, marmouset. Et grâce à sainte Anne d'Auray — et le vieux marin souleva son béret — j'espère bien revenir sain et sauf et mener à bien mon idée.

— Et si je réussis, ajoute Mahurec en se découvrant tout à fait, je lui donnerai un cierge de dix livres, que je porterai moi-même.

— Si vous y consentez, père Mahurec, je vous accompagnerai. Moi aussi, je fais un vœu à notre grande sainte Anne, et si je réussis, à mon retour, je lui donnerai un beau cierge de deux livres.

— C'est dit, petiot. Vois-tu, quelque chose me fait croire que la pêche sera fructueuse cette année et que nous serons riches au retour.

— Alors, vous comptez rapporter mille francs ?

— Mille francs,... peut-être douze cents... J'ai rapporté une fois quinze cents francs... Ah ! c'était le bon temps, cette année-là,... nous avions eu du mal... Les Anglais nous ont cherché querelle ; mal leur en a pris, d'ailleurs. Oh ! quelle roulée nous leur avons donnée !

— Et pourquoi cette querelle ?

— Pourquoi ? tu me demandes pourquoi ? Parce qu'ils voulaient pêcher dans nos eaux, donc... Ah ! ce jour-là, Mahurec a fait voir qu'il avait du biceps... C'est si bon de cogner de temps en temps sur l'Anglais.

— Pardon, père Mahurec, mais vous avez dit tout à l'heure que ma part sera moitié de la vôtre, comment cela se fait-il ?

— Parce que la part du moussaillon est la moitié de celle du matelot... Seulement il faudra trimer dur, petiot. A propos, il faut que je t'explique ce que tu auras à faire à bord. Mais,... j'ai soif... Voilà justement une

auberge, entrons nous reposer un instant et nous ravitailler un peu. Nous ne sommes pas encore arrivés, et nous avons besoin de reprendre des forces pour continuer notre route.

Les deux amis entrèrent donc dans l'auberge dont parlait Mahurec, reconnaissable à la branche de gui qui se balançait au-dessus de la porte d'entrée.

Le vieux marin commanda un pichet de cidre, une grosse miche de pain qu'il partagea avec son petit compagnon. Celui-ci attendait avec impatience que Mahurec parlât.

Celui-ci, après s'être versé consciencieusement un grand verre de cidre, l'avala d'un seul trait, puis s'adressant à Yves :

— Je te disais donc que la besogne serait lourde pour toi, à bord de la *Sancta-Maria*, oui, très lourde, petit. Ainsi, il te faudra dès le lever du soleil laver le pont et, tous les huit jours, le briquer, c'est-à-dire le semer de sable et le frotter avec une brique, polir les cuivres. Tu seras chargé, en outre, du service de la chambre, de la dunette et de l'arrière, tu veilleras à ce que le compas, c'est-à-dire la boussole, soit toujours propre... Le cuisinier te prendra aussi comme aide... De plus, tu devras servir dans les voiles hautes — cacatois et perroquets — qui sont celles qu'on manœuvre le plus souvent... Ah ! dame, tu seras perché haut, petit, et il ne faudra pas avoir le vertige, car alors tu pourrais être enlevé par un coup de vent comme un fétu de paille... Tu vois que tu ne chômeras guère, marmouset, et, tu sais, pas de faute, pas de retard dans tes fonctions, car le capitaine ne plaisante pas... et gare aux taloches...

— Oh ! je me montrerai digne de la confiance que vous avez eue en moi, père Mahurec, je travaillerai, seulement, seulement...

— Tout cela, c'est le service ordinaire de la traversée, mais une fois là-bas, quand la pêche sera commencée, on sera un peu moins rigoureux pour toi, en ce qui concerne la propreté du bâtiment, mais en revanche, c'est toi, toi seul qui seras chargé de nettoyer, laver et essauquer la morue pour la préparer à recevoir le sel. Chaque poisson passera par tes mains et la pêche varie journellement de huit cents à quinze cents. Tu vois que la besogne n'est pas mince... Mais, tu ne te plaindras pas, puisque plus la pêche sera fructueuse, plus grosse sera ta part. Elle sera d'un demi-lot, c'est-à-dire que si nous autres matelots nous gagnons mille francs, tu en auras cinq cents pour ton compte... Voilà...

Yves avait écouté Mahurec silencieusement. L'énumération des fonctions multiples qu'il aurait à remplir à bord ne l'effrayait pas trop ; il était plein de courage et de bonne volonté, et savait qu'il ne pourrait rapporter de l'argent sans l'avoir durement gagné. Mais il était devenu

subitement inquiet et soucieux lorsque le vieux marin lui avait parlé de
la quantité énorme de poissons qui devaient lui passer journellement par
les mains. Cela lui semblait effrayant et l'était en effet. Aurait-il jamais
assez de temps, assez de force, assez d'activité pour remplir une si lourde
tâche ?... Enfin, il le faudrait bien... Et, mentalement, le petit Yves invo-
quait sainte Anne.

Le marin et l'enfant ayant repris leur route arrivaient trois heures
plus tard à Vannes. Les rues, les hautes maisons étonnèrent Yves. La belle
cathédrale surtout l'émerveilla... Mais, sans lui laisser le temps d'admirer, Mahurec l'entraîna dans la direction d'une auberge où il savait
trouver le capitaine.

— Tu auras tout le loisir de voir cela au retour, petiot. Pour le
moment, occupons-nous de ton engagement. A cette heure, le capitaine
doit être seul, et nous conclurons l'affaire séance tenante... Allons, tiens-
toi bien, et surtout pas trop de timidité, hein ?... On dirait que tu
trembles déjà,... que diable ! il ne te mangera pas, le capitaine ; il a
l'abord un peu rude, c'est vrai, mais, comme je te l'ai déjà dit, il n'est
pas méchant.

Yves songe que si Mahurec reconnaît que le capitaine a l'abord un peu
rude, c'est qu'il faut réellement qu'il soit bien terrible.

On arrive à l'auberge. Mahurec parcourt la salle d'un coup d'œil, et,
tenant le petit Yves par la main, il se dirige vers une table où un homme
en costume moitié bourgeois, moitié militaire, achevait de dîner. C'était
le capitaine.

Après l'avoir salué, Mahurec lui présente son protégé, en faisant de
lui un éloge remarquable.

Pendant ce temps, le capitaine toisait le petit Yves, qui entendait son
cœur battre à coups précipités dans sa poitrine et sentait un voile obscur-
cir ses yeux. En ce moment suprême, la vue de cet homme qui repré-
sentait pour lui le maître, le chef, lui causait une telle frayeur que si

PENDANT CE TEMPS, LE CAPITAINE TOISAIT LE PETIT YVES.

Mahurec ne lui eût serré énergiquement le poignet entre ses doigts de fer, il se fût enfui.

— Tu es bien maigriot, dit enfin le capitaine ; tu sais, chez moi, il faut travailler... et on travaille ou gare les coups si je ne suis pas content... Mahurec t'a-t-il dit ce que tu aurais à faire ?

— Je le lui ai dit, capitaine, répondit le vieux marin, venant en aide à la timidité de l'enfant, et... il ne boudera pas à la besogne...

— Ah çà, il est donc muet, ton protégé, que tu réponds pour lui ?

Enchanté de sa réflexion, le capitaine part d'un grand éclat de rire qui fait frissonner le petit Yves.

— Enfin, du moment où tu m'es recommandé par mon brave Mahurec, puisque tu es le fils de Kéromnès, un brave aussi celui-là, je te prends... Tu peux te considérer dès à présent comme le mousse de la *Sancta-Maria*... C'est dit...

L'enfant articula un « merci » si faible, si faible, que le capitaine le devina plutôt qu'il ne l'entendit.

— C'est bien convenu, Mahurec ; à ce soir six heures. Nous appareillons demain, et j'espère que tout le monde sera à bord, à l'heure dite.

Après avoir salué une dernière fois le capitaine, Yves et Mahurec sortirent de l'auberge.

— Eh bien, petit, c'est fait ; tu avais peur devant le capitaine, hein ?

— Oh oui, il a une si grosse voix ! On dirait toujours qu'il va se fâcher.

— Bast ! il n'est pas si terrible qu'il en a l'air. Quand on travaille bien,... quand le service est bien fait... il n'y a rien à craindre de lui. Et puis, je crois qu'il a été satisfait de te prendre, il s'est rappelé ton père... Tu as vu du reste comme il a été bavard ;... d'ordinaire il répond un « oui » ou un « non » sec, et c'est tout. Il a plaisanté tout à l'heure sur ton compte, c'est bon signe, petiot, c'est bon signe. Allons, je suis content, tout va bien. Maintenant si tu veux, nous allons « faire un tour » du côté du port. Je te montrerai notre goélette.

— Oh ! oui, c'est cela, père Mahurec, c'est cela.

— D'autant plus qu'il nous faudra manger dans ses parages, de façon à être prêts pour l'heure convenue avec le capitaine.

— Mais, ajoute brusquement Mahurec, j'imagine que tu n'as pas toujours occupé tes loisirs à faire des bateaux,... là-bas,... au pays... Tu es bien allé quelquefois en mer ?

— Oh oui ! j'ai pêché aux crevettes avec la grande sœur, j'ai ramassé des coquillages que nous allions vendre ensuite aux gens de la ville venus au bord de la mer pendant la saison d'été.

— Sais-tu lancer un grelin ?

— Oui... J'allais souvent sur la jetée avec mes petits camarades, et quand le père rentrait de la pêche, nous nous attelions après le cordage qu'il nous lançait, nous tirions avec plaisir, en chantant, et le patron du bord nous donnait toujours quelques sous.

— Bon, mais il va falloir apprendre à te servir de l'aviron,... de la godille,... grimper aux cordages... dans la mâture.

— Oh ! je connais tout cela. Je suis bien souvent monté dans les navires du port, à marée basse, et nous nous amusions, mes camarades et moi, à faire toutes les manœuvres.

— Allons, tu es moins novice que je ne le craignais. J'espère que nous ferons de toi un bon et brave marin, comme ton père, et que tu seras digne de son nom.

Il y avait foule à cinq heures du soir à l'auberge du « Canon d'or », les capitaines ayant donné rendez-vous à leurs hommes en cet endroit. La salle était bruyante, animée ; on causait, on chantait, on fumait, en attendant l'arrivée des « patrons ».

Le petit Yves, piloté par Mahurec, fut présenté à la plupart des matelots connus du vieux loup de mer. Six heures sonnaient à la cathédrale quand le capitaine de la *Sancta-Maria*, accompagné de son second, entra dans l'auberge. D'autres capitaines le suivaient, et ce fut alors un brouhaha indescriptible parmi les matelots se pressant, se poussant, se bousculant, afin de pouvoir répondre à l'appel de leurs chefs.

Le capitaine de la *Sancta-Maria* donna la liste de ses matelots au second, qui commença l'appel à haute voix :

— Mahurec?

— Présent.

— Lambezec?

— Présent.

— Normand?

— Présent.

Et ainsi vingt autres noms. Puis enfin :

— Yves Kéromnès?

Une voix enfantine, timide, répondit :

— Présent.

— Ah!... dit le second en se tournant vers le capitaine, vous avez donc fait choix d'un mousse?... C'est fâcheux, j'allais vous en proposer un, qui aurait certes bien fait votre affaire.

— Inutile, répondit le capitaine; Mahurec m'a recommandé ce môme, et je suis certain qu'il s'acquittera bien de son service.

— Nous verrons bien,... ajouta le lieutenant en jetant un regard terrible sur le pauvre petit... Nous verrons bien !

— Pas de réflexions, lieutenant, articula le capitaine d'une voix sèche et qui ne souffrait pas de réplique.

Pauvre petit Yves ! sous ce regard chargé de haine et de colère, l'enfant se sentit perdu. De grosses larmes allaient peut-être jaillir de ses yeux lorsque Mahurec, qui avait tout entendu, s'interposa :

— Oui, lieutenant, vous pourrez compter sur lui, bon sang ne peut mentir, il fera bien et vite; c'est moi du reste qui réponds de lui... S'il a besoin d'un guide, je serai là,... d'ailleurs, je le prends sous ma protection, ajouta-t-il très haut, de manière à être entendu de tous les hommes de l'équipage.

Ceux-ci comprirent : Yves sous la protection du plus ancien était sacré.

Le lendemain la *Sancta-Maria* gagnait la haute mer, ainsi que toute la flottille destinée à la pêche.

Comme le lui avait prédit Mahurec, les commencements furent pénibles, durs même pour le petit mousse. Le lieutenant se distingua parmi les plus acharnés contre lui. Il ne lui épargnait pas les bourrades et lui rendait chaque jour le travail plus pénible. Yves, résolu à tout endurer, redoublait de zèle et d'activité sans pouvoir parvenir à contenter le lieutenant.

Quelques matelots ayant remarqué l'animosité du second contre le mousse ne se gênaient pas pour le brutaliser souvent, malgré la protection manifeste du vieux Mahurec. L'enfant, résigné, acceptait tout, reproches et coups, sans murmures et sans plaintes.

Parmi les nouveaux engagés, un grand gars normand, solide, bien râblé, à peine âgé de dix-huit ans, se montrait particulièrement dur à l'égard du petit mousse. Né dans le même village que le lieutenant et se sentant protégé par lui, il avait cru devoir partager la haine que le mousse inspirait à son supérieur. Quand Yves passait à sa portée, il trouvait toujours le moyen de le gratifier soit d'un coup de pied, soit d'une gifle, et cela, sans aucun motif.

Malgré l'active surveillance exercée par Mahurec, il lui arrivait souvent d'ignorer les souffrances que pouvait endurer son petit protégé. Un soir pourtant que le mousse, sa journée finie, s'amusait, à l'avant du navire, à sculpter un petit bateau, le « grand François », comme on l'appelait à bord, lui envoya en passant près de lui, et à titre de simple distraction, une formidable paire de soufflets.

L'enfant, surpris, roula sur le pont. Mahurec avait tout vu. Il bondit plutôt qu'il ne marcha vers le grand François, lui reprocha avec colère sa lâche perfidie. Et comme celui-ci ricanait :

— Dis donc, galopin, est-ce que par hasard tu aurais l'audace de me rire au nez quand je te parle ? Apprends qu'un vieux loup de mer comme moi ne se fait pas faire la barbe par un moussaillon de ton espèce.

— Faudrait voir, répondit François toujours en ricanant.

— Tiens, vois cela,... failli chien, pare-le, si tu peux.

Le matelot voulut riposter, mais Mahurec ne lui en laissa pas le temps. Emporté par la colère, il saisit François à la gorge et l'ayant renversé à terre, il le tenait haletant sous son genou :

— Amène ou je te coule, criait Mahurec, ce qui voulait dire, en bon français, fais des excuses ou je t'étrangle.

Le matelot râlait sous la poigne de fer du vieux marin, ses yeux commençaient à s'injecter de sang, son visage se convulsionnait, lorsque l'équipage s'interposant fit lâcher prise à Mahurec.

François se releva tout penaud et tout meurtri.

— Rappelle-toi, lui dit Mahurec, que chaque fois qu'il t'arrivera de frapper le petit sans motif, pareille correction t'attend, foi de Mahurec. Ah ! tu croyais avoir affaire à un novice ; n'oublie pas que je suis un « vieux de la cale » et qu'il y a encore du nerf... là,... ajouta Mahurec, en montrant ses bras nerveux.

Le grand François se le tint pour dit, et laissa désormais le mousse à peu près tranquille.

Il n'en était pas de même du lieutenant, qui avait été témoin de cette scène et de la honte infligée à « son matelot ». Il redoubla de sévérité envers le mousse et l'accabla de la besogne la plus rude.

Yves exécuta ponctuellement les ordres donnés par son supérieur, mais, au bout de quelques jours, ses forces étaient à bout. Le pauvre petit alla confier ses doléances à Mahurec, et celui-ci, après l'avoir écouté avec attention se décida à parler au capitaine.

La pêche de chaque jour était fructueuse, aussi le travail était-il pénible à bord, surtout pour le mousse. Dans ces conditions, Mahurec pensait que l'enfant ne devait pas être surmené par une besogne souvent inutile.

— Son service du bord est fait admirablement, dit le vieux marin au capitaine, ce qui n'empêche pas qu'il y a des jours où deux mille morues lui passent par les mains. Elles sont toutes bien lavées, bien nettoyées ; bref il n'y a rien à redire, et, pour faire ce nettoyage, il est obligé de haler chaque jour le long du bord cent à cent cinquante seaux d'eau, sans que personne l'aide. Eh bien ! malgré cela, le bois est toujours préparé pour le feu,... la morue coupée en morceaux pour la cuisine de l'équipage,... le cidre dans les bidons avant le repas... et on vient l'accabler encore, l'obliger à nettoyer les cuivres, par exemple... Eh bien ! mon capitaine, avec tout le respect que Mahurec vous doit,... ça n'est pas juste.

Sans répondre au vieux marin, le capitaine fit appeler le lieutenant et, d'un ton sévère, lui intima l'ordre de se montrer plus tolérant à l'avenir vis-à-vis du mousse.

Le lieutenant voulut répliquer, se défendre ; mais le capitaine lui ordonna, d'un geste, de se rendre à son poste, et de tenir compte de son observation.

La pêche fut cette année-là, comme nous le disions tout à l'heure, extrêmement fructueuse. La saison avait été bonne, excellente même pour la *Sancta-Maria*. Le navire était littéralement comble. Aussi, un soir, le capitaine, ayant rassemblé l'équipage sur le pont, lui annonça que le navire allait faire voile pour la France.

Un hurrah formidable accueillit les paroles du capitaine... Quelques mois après, le navire entrait dans le port de Bordeaux.

La part de chaque matelot était bonne : quinze cents francs ! Mahurec était radieux : quinze cents francs, en bel argent,... là,... dans sa veste...

— Eh bien, petiot, disait le vieux marin à son protégé, le père Mahurec radotait-il quand il te disait au départ que la saison serait bonne ? Ton ami, ton vieux loup de mer aura sa maisonnette... et sa barque, tout ce qu'il rêvait, quoi... Oh ! une belle barque neuve, avec une *Sainte-Anne* sculptée à l'avant. Tu verras cela, marmouset... Mais, je suis un vieil égoïste, je ne t'entretiens que de ma personne, de mes projets... Eh bien, et toi, petiot, tu es content,... hein ?...

Si Yves était content! c'est-à-dire qu'il était radieux. Il rapportait pour sa part sept cent cinquante francs. Jamais il n'avait espéré pareille fortune.

Aussi, depuis le jour où on avait fait voile pour la France, la pensée d'Yvonne et « des petits » ne le quittait plus. Comme il aurait voulu être déjà arrivé!... Quelle fête il se faisait de son retour!...

11

Pendant que Mahurec causait avec le petit mousse, un matelot du bord vint prévenir le vieux marin de se rendre sans retard à la cabine du capitaine.

Sans aucune réflexion, Mahurec se leva pour se rendre à l'ordre de son supérieur ; mais, quoiqu'il n'eût rien à se reprocher, il s'interrogeait, chemin faisant, pour deviner ce que pouvait bien lui vouloir son capitaine. Aussi lorsqu'il frappa à la cabine de celui-ci, sa figure révélait une certaine inquiétude :

— Eh bien, lui dit brusquement le capitaine, tu ne veux donc plus naviguer avec nous?

— Pardon,... excuse,... mon capitaine, mais... Et Mahurec tortillait son béret avec embarras, ne sachant pas quelles étaient les idées de son chef, il hésitait à répondre.

— Mais quoi?... allons,... c'est bon, dit le capitaine, après s'être amusé un instant de l'embarras du matelot, tu ne voyageras plus, c'est entendu... Mahurec, tu as été un bon et brave marin, aussi la maison pour laquelle la *Sancta-Maria* navigue depuis plusieurs années a voulu récompenser tes longs et loyaux services. Elle m'a chargé en son nom de te remettre ce portefeuille... Eh bien, prends-le donc, il est à toi... Je suis heureux d'avoir été choisi pour te l'offrir.

— Merci, merci, mon capitaine, merci,... ne put que balbutier le vieux marin tout ému. Vous voudrez bien remercier pour moi...

— C'est bon, c'est bon, je l'ai déjà fait... Allons, au revoir, et préviens tes camarades que nous appareillons demain pour Vannes.

Tout heureux, tout fier de la marque de distinction dont il était l'objet, Mahurec monta joyeusement l'escalier conduisant de la chambre du capitaine sur le pont. Là, il contempla avec admiration le portefeuille en cuir de Russie qui venait de lui être offert, il le tournait et retournait entre ses mains calleuses... Et comme ça sentait bon!...

Avec précaution, — car il avait peur de le salir, — Mahurec l'ouvrit et aperçut dedans quelques papiers. Croyant qu'ils étaient là pour protéger l'intérieur, le matelot les retira délicatement pour mieux examiner le portefeuille, un portefeuille d'amiral, comme il disait.

Mais alors Mahurec faillit tomber à la renverse, tant son émotion fut forte. Il tenait dans sa main des billets... des billets de banque!... Mahurec les déplia, il y en avait cinq!... Cinq beaux billets de cent francs!... tout neufs!...

Brusquement, Mahurec redescendit dans la cabine du capitaine.

— Qui est là? dit celui-ci en entendant frapper.

— C'est moi,... moi, Mahurec,... mon capitaine.

— Entre.

Le marin entra... et resta immobile devant la porte ouverte de la cabine, ramenant sa chique de droite à gauche et de gauche à droite, signe évident chez lui d'une grande émotion et d'une terrible perplexité...

Le capitaine attendait qu'il parlât, ce qui troublait encore plus Mahurec.

Enfin, surmontant son émotion :

— J'ai trouvé,... là,... dans le portefeuille,... cinq cents francs... Je ne sais... si... je dois... si ce ne serait pas une erreur.

— Comment, une erreur!... Mais ils sont à toi, bien à toi... Comment, tu es assez bon pour croire que la maison Morel va te faire cadeau de la simple bagatelle d'un portefeuille!... Qu'en ferais-tu?... Le portefeuille ne servait qu'à renfermer les billets,... voilà tout... Tu es un naïf,... mon vieux Mahurec.

Et le capitaine, mis en gaieté par cet événement inattendu, s'était levé et frappait joyeusement sur l'épaule du matelot.

La figure bronzée de Mahurec rayonnait de contentement. Tout ému, il serra, à la broyer, la main que lui tendait le capitaine et regagna le pont du navire en épuisant tous les jurons de la langue maritime. Il traduisait ainsi son allégresse et sa reconnaissance.

Le soir de cette journée, tous les marins de la *Sancta-Maria*, heureux et contents de regagner leur pays, causaient et fumaient sur le gaillard d'avant. Tous étaient là réunis, racontant tour à tour les histoires les plus terribles ou les plus drôlatiques que l'on puisse rêver. Le temps était pur, l'air calme.

Mahurec, pour le moment, était le grand orateur de la circonstance. En sa qualité d'ancien, il avait navigué dans tous les parages connus, avait essuyé nombre de naufrages. Aussi il fallait voir avec quelle attention les jeunes écoutaient les récits qu'il leur faisait !

Le petit Yves, ayant terminé sa besogne, s'était approché du groupe

des matelots, et insensiblement faufilé près de son vieux protecteur.

— Tiens, te voilà, marmouset. De nous tous, je jurerais que tu es encore le plus pressé d'arriver... Ta poche est pleine, hein!... Il te tarde de la dégonfler dans le tablier de ta grande sœur... Il est vrai que tu es bon mousse, que tu as bien travaillé à bord; oh! tu seras digne de ton père, foi de Mahurec. Tu nous as bien secondés pendant la campagne, et je crois que tous nous pouvons ici te rendre justice, pas vrai?... camarades!... Pas vrai, le Normand?... Tu l'as rudoyé un peu trop, toi... Il faut reconnaître que je l'ai un peu vengé,... qu'en dis-tu, matelot?...

Enfin la paix est faite, et nous l'arroserons à terre,... demain soir... probablement...

— Pourquoi probablement?... dit un matelot; demain à cette heure nous serons tous débarqués.

La figure de Mahurec devint soucieuse.

— J'ai dit : probablement, car il m'est arrivé bien souvent d'échouer en vue du port... Et puis nous avons eu tant de bonheur jusqu'ici que, ma foi, cela m'effraye... Je crains toujours le revers de la médaille.

— Mais enfin, nous n'avons rien à craindre pour l'instant. Le temps est beau,... le vent souffle en bonne brise,... nous arriverons sûrement.

— Tu crois cela, toi, novice... As-tu beaucoup navigué?...

— C'est mon second voyage à Terre-Neuve.

— Eh bien, ne sois pas si affirmatif et crois-en un vieux marin comme moi. Nos côtes de Bretagne, vois-tu, ménagent trop souvent de désagréables surprises.

— Allons, allons, père Mahurec, on voit bien que c'est votre dernier voyage. Vous avez peur de manquer la marée,... pas vrai?...

Tout le monde se mit à rire de la plaisanterie du matelot et des frayeurs de Mahurec.

— Ne riez pas trop de mes idées... Il n'y a pas un Breton ici qui oserait doubler la pointe du Raz sans implorer la pitié de sainte Anne... Ton père, marmouset, qui était un brave et rude marin, me disait souvent : Chaque fois que je franchis la pointe — il la connaissait bien cependant — chaque fois que le navire passe dans « la baie des Trépassés », je n'oublie jamais de faire notre prière bretonne :

« Va doué, va sicouret da tremez ar Raz, rac valestra a zo bihan ac ar mor a zo bras. » Ce qui veut dire en bon français pour vous autres qui ne comprenez pas la langue bretonne : « Mon Dieu, secourez-moi dans le passage du Raz; mon navire est bien petit et la mer est bien grande. »

— Mais, père Mahurec, nous ne franchirons pas la pointe du Raz, puisque nous abordons dans le port de Vannes.

— D'abord, novice, je te ferai remarquer que les abords du golfe du Morbihan ne valent guère mieux que les côtes du Finistère. Et puis... qui te dit que nous ne serons pas obligés de doubler la pointe,... qui te dit qu'un mauvais vent, qu'une tempête ne nous jettera pas de ce côté?

Tout l'équipage se tut. Superstitieux comme le sont tous les matelots, l'objection de Mahurec avait fait impression sur eux.

— Enfin, si pareil malheur nous arrivait, espérons que les habitants de l'île de Sein nous verront, comme lors de mon naufrage avec « la *Gorgone* ». En voilà des braves gens! Quand j'étais jeune, j'ai entendu raconter à bord par un vieux marin que le *Foudroyant*, dont il faisait partie, avait fait naufrage en vue de l'île de Sein. « Nous étions, disait-il, douze cents hommes à bord. Pas un n'a péri, grâce au courage et au dévouement des habitants de l'île. Nous avons tous été recueillis par eux, et, vu l'état de la mer, nous sommes restés douze jours sans pouvoir communiquer avec la terre ferme. Eh bien, les habitants de l'île partagèrent fraternellement avec nous leurs habitations et leurs vivres, en sorte que si la tempête se fût prolongée davantage, tous, naufragés et habitants, nous mourions de faim... » En voilà des braves gens! qu'en dites-vous?

— Je sais qu'il n'y a pas de marins plus hospitaliers, mais je ne tiens pas à les voir de si tôt, dit le lieutenant qui s'était mêlé à la conversation. J'aime mieux — et je crois que nous sommes tous du même avis, — aborder sain et sauf à Vannes... N'est-ce pas, vous autres?...

. . . .

Le lendemain, dès l'aube, profitant de la marée, la *Sancta-Maria* faisait voile pour Vannes.

Le temps était beau; la brise soufflait un peu fraîche, le navire filait avec une bonne vitesse.

L'équipage, qui avait oublié les pressentiments sinistres de Mahurec, était joyeux et obéissait à la manœuvre en chantant les vieux refrains de bord. Seul, le vieux marin conservait un visage soucieux.

Le navire approchait des côtes de Bretagne, que l'on distinguait vaguement à travers la brume, lorsque le capitaine, qui jusque-là avait été calme, se mit à aller et venir sur le pont, en donnant des marques visibles d'agitation. Toutefois Mahurec seul s'en aperçut et, suivant la direction des

regards du capitaine qui interrogeait l'horizon, il découvrit un petit nuage noir, presque invisible sur l'azur du ciel.

Au même moment, le capitaine donna l'ordre de mettre toutes voiles dehors.

— Je ne m'étais pas trompé, ça va chauffer tout à l'heure, dit Mahurec, en désignant le petit nuage noir à ses camarades terrifiés par l'ordre du capitaine.

Sous l'impulsion d'une brise très forte et grâce à la voilure, le navire marchait avec une vitesse vertigineuse.

Le nuage tout à l'heure à peine visible devenait rapidement une tache immense; le vent soufflait de plus en plus.

Le capitaine debout, à son poste, son porte-voix à la main, commandait la manœuvre, et les marins, comprenant le danger qui les menaçait, obéissaient avec une promptitude et une sûreté remarquables.

Le navire doublait toujours de vitesse, et essayait de gagner la pleine mer; le capitaine voulait fuir devant la tempête, mais le vent devenant tout à coup furieux, il lui fut impossible de mettre son projet à exécution.

Avant d'avoir pu s'éloigner des côtes, le vent se mit à souffler en tempête. On cargua les voiles et le navire ballotté fut livré à la merci de l'ouragan.

De temps en temps on entendait un craquement sinistre, c'était le navire qui frôlait des roches aiguës et dont les arêtes déchiraient ses flancs.

— Nous sommes perdus, dirent les matelots. . . . .

Le navire résista encore quelque temps grâce aux efforts de l'équipage, mais une lame plus forte l'ayant soulevé, il vint s'échouer brusquement entre deux pointes de rocher, et resta là, immobile, offrant ses cloisons fragiles aux colossales poussées de la mer en furie. C'était la fin.

. . . .

Sur la côte, distante de cent mètres, l'équipage voyait des hommes s'agiter.

— Ce sont les pêcheurs de la pointe du Raz, s'écria Mahurec.

Ces braves marins essayaient de mettre une barque à flot pour établir « un va-et-vient », un cordage, entre le navire échoué et la côte, afin de sauver l'équipage. Mais c'était en vain qu'ils s'épuisaient dans leurs gé-

LE MOUSSE DIT : « MOI! C'EST A MOI QUE CELA REVIENT! »

néreux efforts, les lames furieuses rejetaient toujours la barque sur le rivage.

Tout le monde, à bord de la *Sancta-Maria*, se sentait perdu. Le navire faisait eau de toutes parts et, malgré l'activité déployée par l'équipage dans la manœuvre des pompes, on fut bientôt obligé d'y renoncer, car les flots avaient envahi toute la cale.

Le capitaine du navire prit alors un cordage, y fit un large nœud et dit : « Qui veut porter cela à terre? »

Il y eut un silence plein de stupeur. C'était la mort presque certaine pour celui qui allait se dévouer, la mort sans profit pour les camarades, car il serait infailliblement brisé sur les rochers avant d'avoir pu aborder.

Mahurec ne réfléchit pas longtemps. Seul, sans famille, sans personne pour le regretter, qu'importait sa vie?... Tandis que s'il réussissait dans sa périlleuse entreprise, il sauvait ses jeunes camarades... D'ailleurs il était le plus ancien, c'était à lui de donner l'exemple du dévouement.

— J'essayerai d'aller à terre, mon capitaine, dit Mahurec en s'avançant. Donnez-moi le cordage.

Mais déjà il avait été devancé par le mousse, qui, l'œil étincelant et regardant fièrement tous ces hommes qui depuis tant de jours l'avaient accablé de coups et d'humiliations, s'écria : « Moi! C'est à moi que cela revient. »

Et, sans qu'on eût le temps de l'arrêter, il passa son corps frêle dans le nœud de l'amarre. Mais au moment de quitter le bord, se tournant vers Mahurec :

— Père Mahurec, voici l'argent que j'ai gagné, je vous prie de vouloir bien le remettre à ma grande sœur Yvonne et lui dire que mon dernier soupir, mon dernier adieu a été pour elle.

Mahurec, tout ému, prit la petite bourse que l'enfant lui tendait et, en l'embrassant, deux grosses larmes coulèrent sur les joues ridées du vieux marin.

— Va donc, petiot, et que sainte Anne te protège. Je suis trop vieux, et j'ai espoir que tu pourras gagner la côte plus facilement que moi.

Quelques instants après le mousse se lançait à la mer.

Un murmure d'admiration, sans doute impuissant à étouffer un cri de remords, parcourut le groupe de ces hommes n'attendant plus leur salut que du pauvre enfant qu'ils avaient si souvent brutalisé.

Il nageait vigoureusement, le mousse. Frêle, il était soulevé sur les hautes lames comme une feuille qui passe en tourbillonnant au-dessus des toits des maisons.

L'obstacle était peut-être trop faible pour être brisé.

Comme le vent soufflait du large, chaque fois que l'enfant surgissait de la profondeur noire pour planer sur le tranchant d'une crête écumante il approchait du but.

Enfin un hourrah enthousiaste perça le vent et les mugissements de la mer : le mousse était à terre.

Oui, il était parvenu. Seulement, dans la dernière secousse, le flot déchaîné l'avait lancé avec rage contre les rochers aigus, et ce fut le corps tout meurtri que les pêcheurs de la côte le recueillirent. En même temps le cordage sauveur fut saisi par les pêcheurs, et Yves tomba évanoui sur la plage...

Quand le petit mousse reprit ses sens quelques heures après il se vit entouré de tout l'équipage de la *Sancta-Maria*, qui attendait anxieusement un signe de vie chez son sauveur.

Mahurec, le premier, l'entoura de ses bras, sanglotant comme un enfant.

— Tous vivants ?... furent les premiers mots du mousse.

— Oui, tous, mon brave enfant, répondit le capitaine, et tous nous te devons la vie.

Un mois s'est écoulé depuis le naufrage de la *Sancta-Maria*. Le petit Yves, à peine remis de ses nombreuses blessures, est rentré au village soutenu par le brave Mahurec ; il a retrouvé avec bonheur Yvonne et ses frères. Le vieux marin depuis quinze jours est occupé à recrépir la maison de Kernadec qu'il a achetée pour une somme assez modique.

Un beau matin, le maire vint frapper à la porte de la maisonnette habitée par Yves.

— Mon ami, lui dit ce magistrat, je viens t'annoncer que, sur le rapport du capitaine de la *Sancta-Maria*, M. le ministre de la marine, pour prix de ton dévouement, t'a accordé une médaille d'honneur. M. le préfet m'informe, en outre, qu'il tient lui-même à poser sur ta poitrine la récompense que tu as si bien méritée. Dimanche donc, après la messe, aura lieu cette cérémonie.

Le dimanche qui suivit fut un beau jour pour le petit Yves et pour les habitants du village. M. le préfet, entouré de toutes les autorités du pays, appela à haute voix : « Yves Kéromnès. »

— Voilà, dit-il, un courageux enfant de douze ans qui a risqué sa vie pour sauver l'équipage de la *Sancta-Maria*. Je suis heureux d'être l'interprète du gouvernement et d'attacher la médaille sur une aussi jeune poitrine dans laquelle bat déjà une âme noble et dévouée.

Tout le village était présent et applaudit les paroles de M. le préfet.

Le petit Yves est devenu depuis un de nos meilleurs marins, et peut-être un jour pourrons-nous raconter à nos petits lecteurs les actes de courage et de dévouement accomplis plus tard par notre vaillant ami.

LES TRIBULATIONS D'UN JEUNE COLLÉGIEN

I

AHURISSEMENT DE LA 12e DIVISION DU PETIT LYCÉE LOUIS-LE-GRAND.

Mais que se passe-t-il donc?... Voici dix minutes que les élèves sont entrés en études et Lefresne n'a pas encore levé les yeux une seule fois!... Est-ce que sérieusement Lefresne ferait ses devoirs?... C'est cela qui serait un événement, par exemple!...

Le jeune Lefresne considérant que l'étude est faite, non pour travailler, mais pour faire des niches au maître d'étude et à ses camarades, la consacrait, jusqu'alors, à distribuer équitablement des coups de pied à ses voisins de droite et de gauche, à faire la grimace à ceux qui, comme lui, avaient le nez en l'air, et à envoyer des boulettes de papier mâché sur les élèves studieux. Aujourd'hui, rien de cela n'a encore eu lieu; ses amis — les mauvais élèves — ont beau tousser avec insistance et se moucher tous ensemble avec bruit pour attirer son attention — ce qui leur vaut, à eux, un certain nombre de retenues — Philippe ne bronche pas, et lorsqu'un de ses camarades, placé derrière, lui chatouille le cou avec les barbes de sa plume, il ne se retourne pas furibond pour le menacer de lui aplatir le nez à la sortie de l'étude. Bien mieux, le voici qui ferme ses cahiers et se met à apprendre ses leçons. — Pour le coup, c'est trop fort!... Est-ce que M. Philippe Lefresne, l'élève le plus paresseux, le plus tapageur et le plus indiscipliné de la division, renierait maintenant tous ses principes et se mettrait à travailler?... Heureusement que ses camarades sont là pour y mettre bon ordre.

De petits papiers circulent bientôt de main en main pour arriver jusqu'à Philippe, dans lesquels celui-ci est accusé de se donner des airs de bon élève, et est sommé d'expliquer son inqualifiable conduite à ceux qui rougiraient de se dire encore ses amis.

Philippe déchire les petits papiers et ne répond pas.

II

LE PROFESSEUR PARTAGE L'AHURISSEMENT DES ÉLÈVES.

On entre en classe. Le professeur est à peine installé dans sa chaire que, ô stupeur ! on voit le jeune Lefresne lever la main pour demander à réciter ses leçons. Un murmure court sur les bancs, vite réprimé par le professeur, qui lui-même ne peut en croire ses yeux et qui soupçonne une nouvelle espièglerie de son élève. Aussi est-ce avec une intonation très marquée d'incrédulité qu'il l'autorise à réciter sa leçon de français : un morceau de prose de Charles Nodier, « le chien de Brisquet ».

Au moment où Lefresne se lève on aurait entendu voler une mouche, tant l'attention était vive. Sans se laisser émouvoir par toutes ces paires d'yeux braqués sur lui, Philippe récite sa leçon sans faire une seule faute. Le professeur, agréablement étonné, le félicite en quelques mots et, pour le récompenser de son effort, lui donne une exemption de deux heures de retenue.

— Je constate avec plaisir, Monsieur Lefresne, que, pour la première fois, depuis la rentrée, vous savez votre leçon ; j'espère que vous persévérerez

dans cette voie. Vous êtes intelligent,... très intelligent même, et je suis
certain qu'avec un peu d'application et de bonne volonté vous compterez
parmi les meilleurs élèves de la classe. Mais, continue le professeur, avec
un malicieux sourire à l'adresse de Philippe, pendant que je vais continuer de faire réciter les leçons, veuillez donc, Monsieur Bertrand, re-
cueillir les devoirs de vos camarades... J'ai hâte de savoir si la narration
française a été bien traitée par quelques-uns d'entre vous... Faites vite, nous
n'avons pas de temps à perdre, et, si je suis satisfait, je consacrerai la
dernière demi-heure de la classe à vous lire le récit de votre narration fait
par un de nos auteurs les plus distingués.

L'élève Bertrand passe de banc en banc et recueille les devoirs.

Tout en continuant à faire réciter les leçons le professeur jette de
temps à autre, à la dérobée, un regard sur le jeune Lefresne, afin de
s'assurer s'il a été laborieux jusqu'au bout, en un mot, s'il a fait le
devoir prescrit.

En sa qualité de mauvais élève, Philippe est relégué au dernier banc,
tout en haut de l'amphithéâtre ; aussi n'est-ce que plus tard que l'élève
Bertrand passe devant notre ami qui, tranquillement, retire sa copie de
son sous-main et la remet à son camarade. Nouvel ahurissement de ses
voisins et nouvel étonnement intérieur de la part du professeur, qui, jusqu'ici, malgré consignes, retenues de promenades, piquet, n'a jamais
pu obtenir de lui aucun devoir, sauf de loin en loin quelque mauvaise
copie toute tachée d'encre, mal écrite, où le devoir était toujours incom-
plet... Mais pourquoi si vite s'étonner?... Peut-être en est-il de même
aujourd'hui.

Les devoirs ramassés, Bertrand, un des meilleurs élèves de la classe,
prend le cahier de correspondances et se met à classer les copies par
ordre alphabétique. Ce travail fait, et après avoir signalé sur une feuille à
part les copies manquantes, il remet le tout au professeur.

Celui-ci parcourt la liste des copies absentes; il ne s'était pas trompé,
le nom de Lefresne n'y figure pas. Satisfait de ce changement subit, quoi-

qu'il se l'explique difficilement, le professeur procède à la correction des copies.

— Monsieur Lefresne, voulez-vous nous lire votre narration?

Sans aucune protestation, sans mettre ses coudes sur la table, sans cacher sa tête dans ses mains, Lefresne lit son devoir.

Nous ne dirons pas que la narration de notre petit ami était parfaite,... oh! loin de là,... mais enfin il y avait un effort, d'autant plus méritoire que l'élève n'y avait pas habitué son professeur.

Celui-ci, tout en critiquant certaines parties de la composition, est obligé de reconnaître que, malgré l'imperfection du style, le manque absolu de plan, quelques passages sont réellement bons et dénotent chez l'auteur une certaine facilité qui pourrait devenir du talent, plus tard, avec du travail.

Aussi, contrairement à ses habitudes, Lefresne est gratifié de nouvelles exemptions.

Ses camarades de banc dont il a été jusqu'ici le chef, tant par sa force physique que par son influence morale, font entendre quelques ricanements et dardent sur lui des regards chargés de mépris et d'indignation. Si le professeur eût été plus rapproché, il eût entendu un grand nombre d'épithètes malsonnantes adressées à notre ami par ses camarades.

III

UNE EXPLICATION EST NÉCESSAIRE.

Enfin la classe est finie. Les élèves prennent leurs rangs, et, au lieu de se dissiper, de bavarder, de donner des crocs en jambe à ses amis, Lefresne prend place tranquillement, sans souffler mot.

On arrive dans la cour de récréation... A peine le signal de rompre les rangs est-il donné que tous les amis de Philippe se pressant, se poussant, se précipitant sur lui, l'entourent, criant tous à la fois, croisant leurs apostrophes, réclamant des explications.

Charles Normand surtout, qui rivalise de force et de paresse avec Lefresne, le prend à partie plus durement que les autres, traitant sa conduite d'hypocrite et de déloyale... Dans son indignation, il va même jusqu'à bousculer son ancien ami... D'un vigoureux coup de poing, celui-ci l'écarte, et Charles Normand, « le grand Charles », comme l'appellent ses camarades, renonce aux arguments frappants, mais il n'en continue pas moins — de loin — ses protestations, secondé en cela par sa bande.

— Dis-nous pourquoi tu as fait ton devoir !...

— Et appris ta leçon !...

— Sournoisement,... sans nous prévenir.

— Pourquoi?... Pourquoi?...

— Eh bien !... si je veux travailler, moi !... est-ce que je ne suis pas libre à la fin?...

— Ce n'est pas vrai... Tu as une raison...

— Oui,... oui,... la raison !... la raison !...

— Eh bien ! oui, j'ai une raison pour faire ce que je fais.

— Laquelle?... laquelle?...

— Cela ne vous regarde pas,... et le premier qui me fait une observation à ce sujet aura affaire à moi, dit Philippe, brandissant deux poings formidables en manière de conclusion.

On se le tint pour dit, et, quoique fortement intriguée, la bande, se séparant de Philippe, se mit à jouer comme si rien ne s'était passé.

IV

UN JEUNE DIPLOMATE.

Seul, le petit Jean Delpech reste auprès de Philippe dont il est l'ami, le compagnon inséparable en même temps que l'admirateur sincère de sa force et de ses prouesses.

Pendant que ses camarades invectivaient Philippe, lui se tenait à l'écart, bien persuadé que ce que Lefresne ne disait pas aux autres, il le dirait à lui,... Delpech, son ami. Est-ce qu'ils ont jamais eu des secrets l'un pour l'autre?... Jamais Philippe ne lui a rien caché de ses projets; et pourtant... et pourtant,... oui, cette fois-ci, il ne lui a pas fait part de ses résolutions. Cela est mal, c'est un manque de confiance dont il devrait lui tenir rigueur... Mais la curiosité l'emporte sur la rancune, et Jean, se rapprochant de Philippe, sitôt le départ de leurs camarades, lui dit d'un ton plein de dignité comique :

— Lefresne?... je suis ton ami, n'est-ce pas?

— Oui.

— Et... tu es le mien!... jusqu'ici nous nous sommes toujours confié nos plaisirs et nos ennuis, n'est-ce pas?...

— Oui.

— Eh bien!... tu vas me dire, à moi, à moi seul, ce que signifie ton changement de conduite, ou tu ne seras pas un vrai ami...

A cet appel fait à son amitié, Philippe reste embarrassé... Il s'embrouille dans ses phrases.

— Allons,... toi aussi!... tu vas croire... Mais... puisque je vous dis que j'en ai assez de paresser,... que je veux travailler!...

— Non, non,... tout à l'heure tu leur as dit que tu avais une raison... un motif,... eh bien!... ce motif, voyons, dis-le-moi.

Et comme Philippe ne répondait pas.

— Tu vois bien, je ne suis pas ton ami alors, larmoie le petit Jean... Si j'avais un secret, moi, je te le confierais, n'est-ce pas?... (Jean aurait été très fier d'avoir un secret) tandis que tu...

A ce moment le concierge passait près d'eux, portant dans un grand panier une quantité innombrable de « suçons » et de gâteaux. La vue du « père Ratiboul » fait jaillir une idée lumineuse de la cervelle du jeune Delpech. Elle va lui fournir le moyen tant cherché de délier la langue de son ami.

Jean met la main à la poche; tout en continuant à causer, il ouvre son porte-monnaie, fait l'inspection de sa fortune en comptant ses sous, ce qui n'est pas long. Hélas! la bourse du petit bonhomme est en baisse, ce qui ne lui permet guère d'être prodigue. N'importe,... du moins il saura...

Tout en poussant un profond soupir, il appelle le concierge. Il sait que Philippe aime beaucoup « le Vichy à la rose », et il espère que la gourmandise fera ce que n'a pu faire l'amitié.

— Tu as encore de l'argent, toi?... dit Philippe dont les yeux brillent comme des escarboucles.

— Tiens, parbleu! puisque je te paye un Vichy...

— Oh! moi, je n'en ai plus depuis le dernier parloir;... aussi...

Philippe laissa sa phrase inachevée; Jean lui présentait un magnifique « suçon... »

Un merci chaleureux fut la fin de sa réponse.

La promenade reprit silencieuse, Philippe étant tout à son suçon. Cela ne faisait pas l'affaire de Jean, qui voulait au moins que ses largesses lui rapportassent quelque chose.

Doué d'une forte ténacité, le petit bonhomme n'oubliait pas son but, et, craignant que la récréation s'écoulât sans qu'il eût rien obtenu, il renoua le premier la conversation inachevée.

V

DE L'INFLUENCE D'UN « VICHY A LA ROSE » SUR LA LANGUE
DU JEUNE PHILIPPE.

— Alors, comme ça, toi maintenant, tu vas savoir tes leçons... tous les jours?... dit Jean, en s'arrêtant pour regarder Philippe, tellement l'idée de savoir ses leçons tous les jours lui paraissait impossible.

— Oui,... du moins pendant quelque temps.

LE CONCIERGE PORTAIT UNE QUANTITÉ DE SUCRES D'ORGE ET DE GATEAUX.

— Quelque temps?... ah!... Et... tu feras aussi tes devoirs pendant...
quelque temps?

— Oui,... toute la semaine.

— Toute la semaine!... reprit Jean, se parlant à lui-même, et semblant
réfléchir profondément, toute la semaine... Ah çà, pourquoi veux-tu travailler toute la semaine? Quelle histoire me fais-tu là?... Ma foi, j'y
renonce,... je jette ma langue aux chats... Ah! j'y suis,... du moins,...
oui... Est-ce que par hasard tu voudrais sortir dimanche? s'écrie Jean,
en se campant devant son ami.

— Oui,... je ne veux pas,... je ne peux pas être consigné dimanche.

— Bah!... Et pourquoi?...

Là était le pourquoi... Mais, ô désespoir! le dernier morceau de suçon
venait de disparaître dans la bouche de Philippe juste au moment où
celui-ci commençait ses confidences, ou plutôt semblait vouloir les
commencer.

Avec un nouveau soupir, Jean plonge de nouveau la main dans
sa poche. Il en retire les derniers sous qui lui restent, et les considère tristement... Ce qu'il va faire est pour lui un véritable sacrifice.
Il conservait ces deux sous pour acheter une balle — la sienne ayant
passé par-dessus le mur du lycée. — Enfin,... il voulait savoir, il
saurait.

— Eh! père Raciboul!... père Raciboul!...

— M'sieu?...

— Deux Vichy.

— V'là, M'sieu!... v'là...

Philippe est ébloui de la générosité de son ami. Dans sa reconnaissance,
il va jusqu'à lui serrer chaleureusement la main.

— Alors, tu vas sortir? dit Jean; tu as de la chance, toi... Tes parents
vont être contents,... tu rapporteras de l'argent...

— Et je te payerai un chou à la crème, dit Philippe, qui ne veut pas
rester en retard avec son ami.

— Et cela ne te fait rien de me laisser tout seul?

— Si,... un peu,... mais je te rapporterai des dragées.

— Des dragées!... pourquoi des dragées?... dit Jean, en dressant l'oreille.

Brusquement, Philippe s'empare du bras de son ami. Jean comprend que le moment des confidences est arrivé.

— Écoute,... tu es mon ami, mon véritable ami?...

— En as-tu jamais douté?... répond Jean d'un air offensé.

— Non,... mais enfin...

— Quoi?

— Tu vas me jurer...

— Oh! tout ce que tu voudras... Tiens!...

Et le jeune Delpech, crachant dans sa main, l'élève en l'air avec un geste des plus énergiques.

— Non,... non,... non,... mieux que cela,... le grand serment... Tu vas me jurer que tu ne diras pas un mot à personne,... à personne, entends-tu?... de ce que je vais te dire.

Alors Jean, crachant de nouveau dans sa main, étend gravement le bras horizontalement, en frottant la terre avec son pied!...

— Je le jure!...

— Bien!... maintenant, j'ai foi en ton serment... Alors, voilà... Tu connais mon beau-frère et ma sœur qui viennent me voir quelquefois au parloir,... qui se sont mariés il y a deux ans... et qui m'apportent toutes sortes de friandises...

— Oui,... ils sont généreux ceux-là... Ce n'est pas comme papa... Il est vrai que maman...

— Voyons, ne m'interromps pas... Eh bien, ils ont un petit garçon depuis quelques jours.

— Ah!...

— Oui, et... c'est moi qui vais être le parrain...

Et, se redressant, Philippe considère Jean avec orgueil : la joie, le contentement illuminent sa physionomie.

— Eh bien?

— Eh bien, imbécile, pour être parrain... il faut que je sorte,... pour
sortir... il faut que je travaille... Comprends-tu enfin?... Dieu, que tu
es bête !...

— Mais si,... mais si... Ce n'est pas une raison pour t'emporter,... seulement,... dame !...

— Voilà !... Le proviseur ne veut absolument pas que je sorte si je

n'obtiens pas de meilleures notes... Alors je me suis dit qu'après tout,
huit jours de travail sont vite passés.

— Et après ?...

— Après ?... oh! après,... sois tranquille,... au diable les devoirs et
les leçons! je regagnerai le temps perdu. — Philippe appelait « temps
perdu » le temps passé à travailler. — Mais d'ici là je serai sage,... laborieux... Oh! ce n'est pas bien malin, va !... As-tu vu ce matin, le professeur, « le père Ladoucette », était-il assez ahuri, hein !... Je n'en ai
rien laissé voir,... mais vous m'amusiez bien, lui et vous autres...

— Et tu crois que tu pourras travailler, et arriver sans consigne
jusqu'à la fin de la semaine?

— Oui, parce que je le veux. Entends-tu?... je... le... veux... et,
quand je me suis promis quelque chose... Enfin, tu sais comme je suis
14

entêté... Quant à ceux qui ne seront pas contents, conclut-il en élevant la voix, je me charge de les contenter. Mais, tu sais, ajoute-t-il très vite, rappelle-toi, tu m'as promis le secret.

— Puisque j'ai juré... Veux-tu que je jure de nouveau ?...

Et Jean allait recommencer le serment sacramentel, lorsque le tambour fit entendre son premier roulement.

VI

OU L'ON VERRA QUE LE JEUNE DELPECH L'A ÉCHAPPÉE BELLE.

A la grande récréation du soir, la bande de Philippe qui avait remarqué la conversation animée tenue le matin entre Lefresne et Delpech, dépêche auprès de celui-ci Charles, « le poché » du matin, pour savoir ce qui s'est passé.

Jean prend d'abord des airs mystérieux, très fier et très flatté d'être le dépositaire d'un secret. Il est vrai que ce secret lui pèse lourd. Il n'aurait jamais cru que c'était si difficile à garder. Fatigué, harcelé par ses camarades, il ne résiste plus que faiblement et seulement pour la forme. Invectivé de nouveau, il se décide à tout raconter, disant bien haut, pour mettre sa conscience en repos, qu'il ne voulait pas,... que ce sont eux qui l'ont forcé... Après tout, il ne voit pas pourquoi Philippe se cachait de cela, etc., etc.

— En effet, est-il bête ?... Attends, nous allons lui parler.

Jean proteste :

— Non,... non,... ne lui laissez pas voir que vous savez... Que va-t-il penser de moi?... Si j'avais su je ne vous aurais rien dit.

Mais on ne l'écoute plus, ses protestations se perdent dans le vide.

Toute la bande, ayant à sa tête le « grand Charles » court droit à Philippe occupé à jouer aux billes, et, en ce moment, de très belle humeur, car il vient de mettre un de ses camarades complètement à sec.

— Dis donc, Lefresne, s'écrie le grand Charles, l'orateur de la circonstance, tu ne m'en veux plus ?

— Moi !... Pourquoi ?...

— Dame, parce que,... tantôt... je t'ai un peu,... même que tu m'as à demi poché l'œil.

— Alors, ce serait à toi de m'en vouloir, s'écrie Philippe avec un franc éclat de rire.

— Aussi, pourquoi faire des cachoteries avec nous?... Pourquoi ne nous avoir pas dit tout de suite la vérité, la cause de ton application?... Nous te l'aurions pardonnée, tandis que ne nous expliquant pas... Au moins nous aurions su, comme tu l'as dit toi-même, que ce n'était que momentané et que tu nous reviendrais.

— Comment,... vous savez ?...

— Oui.

— Alors... Delpech a parlé ?...

— Non,... non...

— Comment, non ?

— Eh bien, oui, il a parlé,... mais il n'y a pas de mal à cela.

Philippe n'est pas de cet avis et, furieux, il veut s'élancer à la recherche de Jean, pour lui rappeler, par de bonnes taloches, qu'il a forfait à l'honneur.

Mais Delpech s'est prudemment éclipsé.

Voyant que ses camarades ne le tournent pas en ridicule, Philippe finit par se calmer.

— Mais enfin, pourquoi ne voulais-tu pas nous le dire ?

Philippe l'ignore, il ne sait trop comment répondre. Il avait craint que toute la semaine on ne le fît enrager, qu'on ne le poursuivît du nom de « parrain », car notre ami a un défaut qui pourra lui nuire plus tard, s'il ne s'en corrige pas : il craint par-dessus tout le ridicule et le voit partout. Très disposé à se moquer des autres, il croit toujours les autres prêts à se moquer de lui.

VII

M. PHILIPPE EST PERPLEXE.

Tranquille désormais du côté de ses camarades, encouragé même par ceux-ci, Philippe continue donc à travailler, à bien se conduire, et tout fait espérer qu'il arrivera sans encombre, c'est-à-dire sans punition à la fin de la semaine.

Et cependant Philippe a bien des distractions : quand ses camarades le regardent penché sur son « De viris », en apparence très absorbé par la traduction d'un passage, ils le voient fréquemment sourire, et ces sourires ne sont certes pas provoqués par les lignes latines que Philippe a sous les yeux. Malgré toute son attention, tout son désir de bien faire ses devoirs, son esprit vagabonde souvent au delà des murs du lycée, près du berceau d'un petit bonhomme qu'il a hâte de connaître et d'embrasser. Mon Dieu ! que cette semaine est longue ! et long aussi à venir ce dimanche tant souhaité ! Et puis, Philippe a d'autres inquiétudes : endiablé, casse-cou avec ses camarades, il est, par contre, très timide avec les petites filles, et... c'est une petite fille,... une petite fille qu'il ne connaît pas, qui doit être « sa commère », presque une demoiselle même !... six mois de plus que lui !...

Que pensera-t-elle de lui?... Elle va le trouver bien gauche, bête peut-être. C'était la première fois que cette inquiétude venait à Philippe. Et puis, que lui dira-t-il? Il ne s'est jamais trouvé qu'avec des garçons, lui. Et ces petites filles sont si poseuses ! on ne sait jamais comment leur parler; elles ont une façon de vous regarder de côté, avec un petit air de pitié et un haussement d'épaules qui veut dire : Ce garçon est-il mal élevé! qui vous déconcerte tout de suite. Si encore il avait le temps de demander des conseils à sa sœur, mais, impossible, il arrivera le dimanche matin, le baptême a lieu l'après-midi, et la petite marraine et ses parents seront déjà là; on déjeunera tous ensemble.

L'autre jour, quand sa maman est venue le voir au parloir et lui a annoncé la grande nouvelle, il lui a demandé de suite qui serait marraine. Il avait si grand'peur que ce ne fût une vieille dame, amie de la famille — pas de lui, par exemple — qui lui reprochait toujours sa turbulence et lui faisait de la morale sur sa paresse, comme si on n'avait pas assez pour cela de son papa, de sa maman, de ses oncles, de toute la famille enfin! Et c'est si agréable,... la morale!...

Sa maman lui avait répondu que ce serait Mlle Jeanne Château, dite « Blondinette », une petite cousine de son beau-frère; elle lui avait dit qu'il devrait bien se tenir, ne pas avoir de ces vilaines manières brusques qui la désolaient tant, et elle avait ajouté en souriant et en regardant les bouts de doigts ronds, les ongles abominablement rongés de son fils : que dira-t-elle d'un petit garçon qui mange ses ongles?...

C'était vrai tout de même qu'il avait de vilains doigts. Quoi qu'on lui eût dit à ce sujet, Philippe ne s'en était pas préoccupé jusqu'ici; il se promet de s'observer, au moins pendant la semaine qui va précéder sa sortie. Aussi, chaque fois qu'il se surprend à ronger ses ongles, il retire brusquement la main de sa bouche. Malgré cela et quoiqu'il les considère vingt fois par jour, ses ongles ne poussent guère vite, et le dimanche arrivera sans que ses mains soient plus présentables.

Philippe ne savait donc rien de la jeune marraine, sauf qu'elle s'appelait Jeanne, qu'elle devait être blonde — son sobriquet l'indiquait — et qu'elle ne se rongeait pas les ongles. Maintenant, était-elle « pimbêche » ou « bon garçon »?... sa maman était partie trop précipitamment pour que Philippe pût le lui demander.

VIII

LE LEVER UN JOUR DE SORTIE.

La nuit du samedi au dimanche fut encore une nuit fort agitée pour le jeune Lefresne: Il dormit mal et rêva beaucoup.

Enfin le soleil — un soleil rouge — illumine la croisée placée en face de son lit, et bientôt après Philippe entend sonner 5 heures. Bien que le réveil n'ait lieu qu'à 6 heures, il se dresse dans son lit et commence l'inspection de ses effets. Les boutons de sa veste ne lui semblent pas très brillants. Philippe saisissant le bord de son drap, se met à frotter énergiquement, et parvient à les faire reluire davantage.

Notre petit ami veut ensuite s'occuper de son linge, mais il constate avec désappointement que « les sacs » ne sont pas encore au pied du lit. Décidément, « le garçon » est bien paresseux! Force lui est donc de se recoucher et d'attendre son arrivée.

Complètement éveillé, Philippe, tout en maugréant, s'amuse de l'aspect du dortoir à cette heure matinale. Toutes ces têtes diversement posées sur le traversin, avec des expressions différentes dans leur sommeil, l'égayent fort, et ses instincts de dissipé, reprenant le dessus, allaient sans aucun doute lui faire jouer quelque méchant tour à son voisin de gauche qui, couché sur le dos et la bouche ouverte, ronfle d'une façon par trop bruyante, lorsque le garçon, muni de tous les sacs, paraît dans le dortoir.

— Ps'tt! ps'tt!... dit Philippe se dressant sur son séant et lui faisant signe d'apporter immédiatement son sac. Mais le garçon ne tenant aucun compte de ses appels et de ses gestes réitérés, accomplit méthodiquement sa besogne.

Enfin! Philippe tient son sac! Il l'ouvre nerveusement, y plonge une de ses mains et en retire d'abord des chaussettes, un mouchoir, puis son caleçon et enfin tout au fond une chemise... O stupeur! la chemise est mal repassée, et le col est tout chiffonné! Que faire?... Philippe est atterré... Mais, il y songe, avant d'entrer au lycée comme interne, il avait de belles chemises fines ornées de grands cols; sa maman doit bien les avoir conservées. Il en revêtira une à la maison.

Rassuré sur ce point, Philippe attend qu'on lui apporte ses souliers. Allons, bon! c'était précisément les meilleurs qu'il avait hier, et il les voit

au pied de son lit tels qu'il les a retirés la veille. C'est donc une des
deux autres paires qui ne valent plus rien que le garçon a dû cirer.
Eh bien ! voilà qui va être joli !… En effet, il ne s'est pas trompé, c'est
la plus mauvaise qu'on lui apporte, celle qu'il a usée, pour en avoir plus
vite une paire neuve, en frottant la semelle sur les pavés de la cour…
S'il avait su alors !… Mais ;… il y a un moyen ;… son papa est venu le voir
il y a deux jours ; de cette visite il lui reste encore quelques sous…
Philippe appelle le garçon qui, moyennant vingt-cinq centimes, consent
à lui cirer la meilleure paire. Mais, n'importe,… la meilleure ne vaut
pas grand'chose et il ne pourra pas décemment figurer au baptême,
Mlle Jeanne à son bras, avec de pareilles
chaussures.

Afin de pouvoir se rendre de suite au lavabo dès que le signal du lever sera donné,
Philippe enfile son caleçon et ses chaussettes,
et attend aussi patiemment que possible le
roulement du tambour. Dès qu'il se fait entendre, notre ami saute vivement hors du
lit, met son pantalon et court au lavabo où
il procède à ses ablutions. Oh ! un savon-
nage sérieux cette fois !… Philippe n'a pas peur de l'eau ce matin, il ouvre
sa chemise et, faisant mousser le savon avec énergie sur sa peau, il se
frotte la figure, le cou et les oreilles avec un tel entrain qu'une fois essuyé,
il a tout l'air d'une tomate.

En possession d'un miroir d'emprunt, Philippe essaye d'arranger ses
cheveux convenablement, mais ceux-ci, rendus rétifs à force d'être coupés
ras, se dérobent sous le peigne. Philippe s'impatiente. Il se souvient heureusement qu'un de ses camarades possède un pot de pommade, il le lui
emprunte, et celui-ci constate avec stupeur, quand le pot de pommade lui
est rendu, que l'ami Lefresne l'a complètement vidé… Philippe dégage
maintenant une odeur commune de pommade à la rose qu'il trouve déli-

cieuse. Ses cheveux sont si abominablement plaqués qu'il a l'air de ne plus en avoir du tout et sa pommade est si maladroitement mise qu'elle laisse de grandes traînées noires au milieu de ses cheveux châtains. N'importe, Philippe se mire complaisamment dans la petite glace de son ami, et se trouve très bien ainsi.

Nous devons avouer en toute sincérité que notre jeune collégien, avec toutes ses recherches de toilette, n'a réussi qu'à s'enlaidir.

IX

FAUSSE SORTIE.

La toilette terminée, on descend en étude. Mais que le temps paraît long à Philippe ! Et songer qu'avant la sortie, il y a encore la messe ! Que tout cela est donc ennuyeux, ne vaudrait-il pas mieux autoriser la sortie dès le lever ?...

Enfin la messe est finie et les élèves rentrent en étude pour attendre l'appel de leurs noms. C'est à ce moment que Philippe est oppressé, nerveux. Il échange des regards rapides et impatients avec ses camarades. Peu d'instants après, le garçon entre avec une longue liste où figurent les noms des élèves demandés par leurs parents. A sa vue, Philippe se lève ; Que ce garçon est donc lent à remettre sa liste !... Sans doute il doit être inscrit dessus, car son papa a dû venir de bonne heure, comme il le lui a bien recommandé.

Le maître d'études appelle : Messieurs Maheut, Chancerel, Frémy, Barnave, Maugin, Delestang, Dalifol, Lechesne. A ce nom Philippe bondit vers la chaise du maître ; il a sans doute mal lu, mais non,... il se rappelle bien maintenant... C'est un élève de cinquième... de la division supérieure. Philippe retourne à sa place et se rassied visiblement décontenancé. Un autre garçon revient quelques instants après ; même espoir,... même désappointement.

Ses camarades consignés le regardent en ricanant. Philippe est furieux, il ne comprend pas qu'on se moque de lui dans un pareil moment. Seul l'ami Delpech paraît aussi navré que Lefresne.

Près d'une heure s'écoule, et on ne l'appelle pas !

Philippe demande alors au maître répétiteur l'autorisation de se rendre chez M. le censeur : le temps presse, il lui demandera à sortir seul...

Tout à coup un roulement de tambour!... C'est le signal de la récréation... Ainsi donc la sortie est finie,... ce sera pour 11 heures seulement!...

Et Philippe, de grosses larmes coulant le long de ses joues, se dispose à se mettre en rang, lorsqu'un des garçons revient tout essoufflé :

— Monsieur Lefresne... Lefresne,... allons ! vite ! dépêchons-nous...

Philippe, à l'appel de son nom, se précipite vers la porte.

— Comment, c'est vous qui sortez !... je n'avais pas songé un seul instant que ce fût vous, qui êtes toujours consigné, et voilà une heure que je cours tous les autres quartiers à la recherche d'un Lefresne.

Philippe, sans prendre le temps de répliquer, arrache le billet de sortie des mains du garçon et se dirige en courant vers le parloir, où son père l'attend depuis une heure au moins.

— Allons vite,... vite,... dit celui-ci à son tour, en embrassant son fils, nous avons perdu beaucoup trop de temps.

Philippe est de cet avis, aussi son papa a-t-il grand'peine à le suivre à travers les couloirs du lycée, tant il se presse. Il court presque, et s'il était seul, il courrait tout à fait, oh! il serait vite arrivé.

X

LES TRIBULATIONS DE M. PHILIPPE.

Tout en marchant, Philippe harcèle son papa de questions, très vite, à la hâte : Lui a-t-on préparé un col,... des manchettes?... acheté des souliers? Regarde donc ces pieds, père, suis-je assez ridicule ?

Le papa sourit et ne répond rien.

Enfin on arrive. Un bruyant carillon annonce à la maman la venue de son fils. Celui-ci l'embrasse très vite, mais bien fort, et de suite en vient à l'objet de ses préoccupations :

— Mère, m'as-tu acheté des souliers ?

— Des souliers ?... pourquoi faire ?... demande la maman, prenant un air étonné.

— Mais, répond Philippe, devenu subitement inquiet, pour me rendre tout à l'heure chez ma sœur,... pour être parrain donc...

— N'as-tu pas les tiens ?

— Oh ! maman, par exemple ! veux-tu donc ?... mais Philippe n'achève pas, il vient de regarder sa maman, s'aperçoit qu'elle a grand'peine à s'empêcher de rire, et, lui sautant au cou :

— Ah ! petite mère, c'est mal de te moquer de moi ! tu as acheté des chaussures,... j'en suis sûr,... vite, vite, donne-les-moi.

— Mais non,... mais non,... je n'en ai pas.

— Si ! si ! je le vois bien dans tes yeux.

Et Philippe entraîne sa maman dans sa chambre, et la première chose qui frappe les yeux de notre petit ami est une superbe paire de souliers... vernis.

Philippe est fou de joie. Il gambade, saute en l'air, jette dédaigneusement ses « godillots » dans un coin, et s'empresse de mettre ses beaux souliers qu'il admire avec complaisance.

Tout à coup sa figure se rembrunit :

— Dis-donc, maman, tu as encore des cols à moi ?

— Quels cols ?

— Eh bien, ceux que j'avais avant d'entrer au collège,... mes grands cols rabattus.

— Non ; je les ai donnés... Pourquoi me demandes-tu cela ?

— Ah ! mon Dieu ! s'écrie Philippe d'un ton de profond désespoir.

— Qu'y a-t-il ?... qu'as-tu donc ? demande la maman.

— Mais, il y a, que c'est impossible que j'aille là-bas sans col. Je serais trop honteux,... regarde-moi donc, petite mère ; la tête se voit encore bien plus que les pieds, et j'ai l'air de ne pas avoir de chemise, surtout avec cette corde roulée autour du cou. On me remarquera tout de suite.

— Et tu préférerais un col de bébé?

— De bébé,... de bébé?... ah! non...

Philippe ne voudrait pas être pris pour un bébé,... surtout le jour où il doit être parrain... Un rôle sérieux celui-là...

— Comme tu te désespères vite, mon pauvre Philippe, et comme tu as peu de confiance en ta maman. Crois-tu que je ne suis pas la première à vouloir que mon petit garçon soit convenable, et t'ai-je jamais laissé manquer de rien?

Et en disant cela, Mme Lefresne ouvrait une armoire, et présentait à Philippe une chemise à manchettes et à col rabattu autour duquel s'enroulait une petite cravate blanche qui fit tressaillir Philippe de plaisir, soucieux pour la première fois de ces détails de toilette.

XI

POMMADE A LA ROSE.

Depuis quelques instants, Mme Lefresne aspirait une odeur bizarre qui l'incommodait, sans qu'elle pût en deviner la cause.

— Mais... c'est toi, Philippe, qui dégages cette odeur! s'écria-t-elle tout à coup. Qu'as-tu donc mis sur tes pauvres cheveux? qui donc t'a arrangé ainsi?

Et elle se mit à rire.

Philippe ne comprend rien à cette hilarité. Il se regarde dans la glace: ses cheveux sont bien lissés,... pas un ne dépasse l'autre,... hélas! non certes,... n'est-ce pas ainsi que l'on doit être?

Brusquement, Mme Lefresne saisit la tête de Philippe, et, malgré ses vives protestations, à grand renfort d'éponge et de brosse, elle débarrasse la chevelure de notre ami de la pommade qu'il avait été si fier de se procurer, et qui, dans son esprit, devait provoquer l'admiration de Mlle Jeanne. Il en est encore convaincu et reste persuadé que sa maman est seule à éprouver cette antipathie contre la pommade.

Philippe est prêt. Malgré tout le respect qu'il éprouve pour sa personne transformée, il ne se mire pas trop longtemps dans la grande glace ; il est trop impatient d'embrasser son petit filleul, de faire connaissance avec Mlle Jeanne et de se voir admiré.

Enfin on part, et M. Lefresne se met en quête d'une voiture.

— Surtout, papa, choisis de bons chevaux... qui marchent très vite...

M. Lefresne, souriant, arrête le premier fiacre qui passe, et les voilà tous partis. Les chevaux ne marchent pas assez vite au gré de Philippe ; aussi notre petit ami déclare-t-il que ce sont des « rosses », ce qui lui vaut une verte réprimande de son papa.

Durant le trajet de la maison à la gare voisine, Philippe ne tient pas en place, on dirait qu'il y a des épingles dans les coussins : le moindre embarras de voiture qui retarde leur marche cause à Philippe des impatiences qu'il a grand'peine à réprimer.

XII

L'ENTRÉE DE M. PHILIPPE CHEZ SON FILLEUL.

Arrivé à destination, Philippe, sans attendre ses parents, gravit l'escalier quatre à quatre, et donne un vigoureux coup de sonnette qui retentit bruyamment dans l'appartement... La porte s'ouvre... et des sons pleurards et uniformes parviennent aux oreilles de Philippe.

— Ah ! Monsieur, lui dit la bonne, pourquoi sonner si fort? vous avez réveillé le petit.

Philippe reste interdit : dans son étourderie, il n'avait pas pensé à cela.

Son beau-frère arrive et à son tour le secoue énergiquement. Pour cette fois, Philippe trouve qu'il a raison; il baisse la tête et se considère en effet comme un grand coupable. Il débute bien, vraiment! Heureusement que la petite marraine ne doit pas encore être là... Enfin! puisque le mal est fait! Et Philippe se dirige vers la chambre d'où partent les cris.

XIII

DÉCEPTION DE NOTRE AMI PHILIPPE.

Dès le seuil, il s'arrête et considère avec étonnement le petit être que sa sœur tient dans ses bras et cherche à calmer. Indulgente, celle-ci sourit à son frère, l'embrasse, et lui tend le poupon qui, à la vue de Philippe, redouble ses cris en faisant une horrible grimace. Philippe trouve que son filleul ne lui fait vraiment pas un accueil aimable, et, les yeux dilatés, la bouche ouverte, dans une expression de stupéfaction indicible, il contemple avec ahurissement ce petit être grimaçant, aux traits informes, à la peau d'autant plus rouge qu'il est congestionné par la colère. Son petit bonnet qui se dérange, découvre son crâne complètement chauve — comme celui du « père Ladoucette », pense Philippe.

— N'est-ce pas qu'il est beau? dit la jeune maman avec orgueil.

Philippe ne veut pas, n'ose pas contredire sa sœur : il aurait trop grand' peur de lui faire de la peine, mais la vérité est qu'il trouve son filleul abominablement laid.

N'importe, il est bien content... et la preuve, c'est qu'à la grande stupéfaction de tous, Philippe exécute une cabriole au milieu de la

chambre, probablement afin de calmer le bébé, et, de fait, celui-ci cesse
de pleurer.

XIV

MADEMOISELLE JEANNE.

Un coup de sonnette timide, timide, retentit. Voilà Jeanne, dit-on.
Ah!... elle ne sonne pas bruyamment, elle, pense Philippe, qui, jetant un
rapide coup d'œil sur son costume, se regarde précipitamment dans la
glace et se sent devenu subitement stupide : ah! oui! il l'est à la fin, et
bête... et ridicule; comment, lui, un garçon! il va trembler de la sorte pour
une petite fille! et Philippe, furieux contre lui-même, s'adresse intérieurement toutes sortes d'épithètes injurieuses.

XV

PRÉSENTATIONS.

Pendant ce monologue, Mlle Jeanne a fait son entrée, sans bruit, marchant sur la pointe des pieds, et escortée de sa maman. Philippe, sans la
regarder, lui a fait un de ces profonds saluts auxquels il s'essaye depuis
quelques jours. Mais, peines perdues! notre ami en est pour ses frais. La
fillette, voyant Bébé éveillé, s'est rapidement dirigée vers lui, en passant
devant le jeune collégien sans même l'apercevoir, et maintenant elle
l'embrasse doucement avec toutes sortes de cajoleries dans la voix et de
mots tendres, comme les petites filles seules savent en trouver.

On dirait qu'elle parle à sa poupée, pense ironiquement Philippe; — mais
c'est le dépit qui lui inspire cette réflexion. — Quelle différence avec lui qui
n'a rien trouvé à dire à son filleul et s'est contenté de le regarder stupi-
dement! Aussi Bébé ne pleure plus; il ne sourit pas encore, non, il est

trop petit, mais il regarde la petite fille de ses yeux bleus, sans aucune frayeur.

— Eh bien !... et la présentation? dit la jeune maman en riant.

La fillette se redresse alors, aperçoit le jeune Lefresne, et fixe hardiment sur lui ses grands yeux bleus, ce qui a pour effet de faire baisser ceux de Philippe.

La présentation a lieu dans les formes :

Monsieur... Philippe Lefresne.

Mademoiselle... Jeanne Château.

Notre jeune ami ébauche de nouveau son fameux salut, mais la petite Jeanne, interrompant la maman est déjà auprès de Philippe et lui tend gentiment sa joue. Celui-ci, qui ne s'attendait pas à ce mouvement tout spontané, recule avec un brusque soubresaut. Étonnée, la fillette fixe de nouveau sur lui ses yeux rieurs et part d'un grand éclat de rire qui s'égrène en notes perlées.

Pour le coup, Philippe perd tout à fait contenance, sans compter qu'il enrage contre lui-même et de sa gaucherie et de sa maladresse. Il enrage même contre cette gentille Jeanne, qui lui fait l'effet de ressembler si peu aux petites filles qui viennent au parloir... C'est vrai enfin, quand on n'est pas comme les autres, quand on n'est ni « poseuse » ni « pimbêche », on prévient son monde au moins,... on ne vous surprend pas comme cela,... brusquement,... par des manières... Et puis, tout le monde rit maintenant, tout le monde conspire pour se moquer de lui. Décidément, cette petite Jeanne est bien impertinente...

Philippe fait ses réflexions, sans suite, très vite, pendant que sa maman lui dit :

— Eh bien! qu'as-tu donc?... est-ce que mademoiselle Jeanne te fait peur?

— Grand benêt! ajoute le papa.

Mais Mlle Jeanne, sans se décourager, lui tend cette fois, son autre joue, en lui disant de sa voix câline : — Eh bien! vous ne voulez donc pas?...

Oh que si!... Philippe veut bien cette fois, et la preuve, c'est qu'après avoir timidement posé ses lèvres sur une des joues roses de la fillette, il la saisit brusquement et imprime de nouveau un gros baiser retentissant sur l'autre joue.

— Oh! mais,... mais,... vous m'avez fait mal! s'écrie la fillette, portant les mains à ses joues devenues cramoisies, tant Philippe l'a embrassée de bon cœur.

C'est au tour de notre ami à éclater de rire, de l'air moitié fâché, moitié comique de la petite fille... Celle-ci associe son rire au sien, et... la glace est rompue.

XVI

PREMIÈRE QUERELLE.

Jeanne a demandé qu'on lui mît le bébé un instant sur les genoux : elle ne remuerait pas, elle serait bien sage. On hésite d'abord, mais Jeanne insiste si gentiment, avec une voix si douce, que la maman consent à lui confier le bébé.

Philippe admire la fillette : quand on lui refuse quelque chose à lui, M. Philippe, il s'emporte tout de suite; aussi... il n'obtient jamais rien. Penché sur Jeanne, il fait des risettes à son petit filleul, admire ses mignonnes petites mains, qu'il n'ose toucher tant elles lui semblent fragiles. Oh! comme c'est gentil ces petites menottes de bébé ! Philippe ne peut en détacher ses yeux... et, comme Jeanne le tient bien!... Il voudrait bien le tenir, lui aussi, et il le demande à Jeanne, qui s'y refuse énergiquement.

— Et pourquoi ne veux-tu pas me le donner? demande Philippe qui, selon son habitude, commence déjà à se fâcher.

— Parce que c'est à moi qu'on l'a confié et que tu ne saurais pas le tenir,... les garçons sont si maladroits !...

— Et les petites filles bien étonnantes, réplique Philippe. Et, se fâchant tout à fait :

16

— Voyez-vous cette demoiselle, avec ses airs importants, elle s'imagine qu'il n'y a qu'elle qui sache tout faire... C'est à elle qu'on l'a confié!... et notre ami imitait la voix de Jeanne. D'abord pourquoi posséderait-elle seule leur filleul? est-ce qu'il n'a pas autant de droits qu'elle sur lui? N'est-il pas le parrain, après tout?

Philippe s'attendait à voir Jeanne foudroyée par cette logique, mais elle, sans se troubler, lui répond tranquillement :

— Je te le refusais pour te taquiner... Je te l'aurais donné, si tu ne t'étais pas fâché,... mais maintenant, tu ne l'auras pas. Cela vous apprendra, Monsieur, à vous mettre en colère. Et... c'est au lycée qu'on apprend ces jolies manières ?

Philippe, honteux de son emportement, se radoucit, la supplie de nouveau, et finalement sollicite son pardon en embrassant Jeanne.

Celle-ci résiste encore quelque temps aux prières de son petit ami, puis consent enfin à poser Bébé délicatement sur les genoux de Philippe avec toutes sortes de recommandations.

— Je ne te le laisse qu'un moment, un moment seulement, entends-tu ?

Philippe alors se trouve fort embarrassé. Il ne sait comment se tenir, et n'ose faire un mouvement, dans la crainte de déranger le poupon.

— Prends donc garde, dit Jeanne, qui n'est pas rassurée, tu vas le laisser tomber...

Philippe alors le serre contre lui, et le bébé, si calme jusqu'alors, se met à pleurer.

— Là,... tu vois bien que tu lui as fait mal, s'écrie la fillette, enlevant le poupon des bras de Philippe. Celui-ci veut s'y opposer, ce qui a pour conséquence de faire redoubler les cris de Bébé et de faire accourir la jeune maman qui, pour mettre les enfants d'accord, le leur retire à tous deux et le couche dans son petit lit.

Rouges, animés, furieux l'un contre l'autre, Jeanne et Philippe s'accusent réciproquement de ce qui est arrivé. Jeanne surtout ne peut pardonner au jeune parrain d'être la cause qu'on lui ait enlevé le poupon. Finalement elle se met à pleurer; Philippe alors veut la consoler, mais elle le repousse avec indignation, refuse de lui répondre et se met à le bouder.

XVII

RÉCONCILIATION.

Les parents, que ces petites discussions amusent, cherchent à réconcilier les deux enfants. Philippe veut bien, mais Mlle Jeanne est plus rancunière et se prête d'assez mauvaise grâce à la réconciliation. Quand notre collégien lui offre le bras pour passer dans la salle à manger, elle répond à une phrase qu'il lui adresse, sans le tutoyer, ce qui le désespère.

Philippe sentant qu'elle lui tient toujours rigueur, redouble auprès d'elle d'attentions et de prévenances pendant la durée du déjeuner. Au moment où il cherche encore par quels moyens il pourra rentrer en grâce auprès de la fillette, celle-ci pousse une exclamation de profonde surprise; Philippe la regarde et voit les yeux de Jeanne fixés avec effroi sur sa chemise et sa cravate :

— Comment avez-vous fait? demande-t-elle.

— Quoi?... Quoi?... répond Philippe tout anxieux.

— Mais votre chemise, votre cravate sont complètement tachées de sauce. Comment allez-vous faire pour le baptême?

Philippe est déjà debout; il se précipite, cherchant une glace, qu'il interroge anxieusement... Sa chemise et sa cravate sont blanches comme neige, sans la moindre tache.

Un grand éclat de rire l'interrompt dans son inspection, et brusquement Philippe se retourne vers l'espiègle qui, ne pouvant se contenir plus longtemps, rit à gorge déployée. Le jeune collégien n'est pas content d'avoir été joué par une petite fille, et, de nouveau, a bonne envie de se fâcher contre elle pour la frayeur qu'elle lui a causée; mais il réfléchit qu'alors la scène de tout à l'heure va encore recommencer, et qu'il n'y aura plus de raison pour que cela finisse. Et puis, voici Mlle Jeanne grondée par sa maman pour son espièglerie de mauvais goût; celle-ci répond qu'elle a voulu se venger de ce qu'il lui avait fait le matin.

Philippe qui, intérieurement, ne lui pardonne pas facilement ce genre de plaisanterie, reconnaît néanmoins qu'elle a bien fait, rit avec elle de sa peur de tout à l'heure, car s'il consent à se quereller avec Jeanne, à se fâcher avec elle — oh! le moins possible pourtant, — il ne veut absolument pas que les autres la grondent, même sa maman. Dans ce cas, Jeanne trouvera toujours en lui un protecteur et un défenseur. D'ailleurs il se réserve, mentalement, de causer de cela avec Jeanne cette après-midi; il lui offrira ses services, et... si jamais un petit garçon lui dit quelque chose! . . . .

XVIII

CONVERSATION.

Le déjeuner s'achève gaiement, sans autre incident. Philippe et Jeanne désormais parfaitement unis — celle-ci ayant tendu sa joue rose à notre ami, en signe de paix parfaite — s'occupent à préparer les dragées destinées à être jetées aux petits paysans. Ils en emplissent de grands sacs.

— Oh! que ce sera amusant! dit Philippe qui, sous prétexte de goûter si les dragées sont bonnes, en emprunte aux différents sacs.

— Fi! le gourmand!... Pourquoi manger celles-ci?... N'en as-tu pas assez des autres, celles qu'on nous a données? Et puis, tu sais, si tu en manges trop, tu auras mal au cœur, tu seras malade au moment de partir.

Ce dernier argument seul fait renoncer Philippe aux dragées. Il n'avait pas songé à cela... Heureusement que Jeanne!... Il n'y a décidément qu'elle pour penser à tout...

— As-tu déjà été marraine? lui demande-t-il tout à coup.

— Moi?.., non...

— Mais, as-tu déjà assisté à un baptême ?

— Non, jamais.

— Eh bien alors, ça va être joli tout à l'heure ! Comment allons-nous faire ?

Et comme Jeanne le regarde :

— Oui,... à l'église,... si nous ne savons ni l'un ni l'autre ce qu'il faut faire, nous resterons là, comme deux petits sots...

— Dis donc, parle pour toi ; moi je connais très bien la cérémonie du baptême ; je me la suis fait expliquer par maman.

— Et... tu as compris?

— Naturellement ; ce n'est pas difficile.

— Pas difficile?... moi je n'en ai rien retenu.

— Parce que tu ne fais jamais attention à ce qu'on te dit.

— Alors, je suis un étourdi?

— Certainement. Voyons, je vais te dire ce que tu auras à faire,... m'écoutes-tu?

— Mais oui, je t'écoute ; parle donc.

— Voilà. Tu répondras aux questions que M. le curé t'adressera. On répond toujours « oui », paraît-il, à ces questions-là. Tu vois que ce n'est pas difficile. Ensuite tu réciteras tout haut le « Credo » avec moi et M. le curé. Et puis... c'est tout.

— Comment faut-il réciter le « Credo » ?... en latin?... en français?...

— Comme tu voudras. Moi je le réciterai en français, parce que je ne le sais pas en latin.

— Et moi je le sais, dit Philippe, très fier de connaître une chose que Jeanne ignore... Tu n'apprends pas le latin, toi?

Philippe sait très bien que Jeanne ne l'apprend pas.

— Non. On ne l'enseigne pas aux petites filles.

— Moi je l'étudie.

— Oh ! tu l'étudies... Je suis sûre que tu n'es guère fort.

— Qu'en sais-tu? réplique Philippe piqué.

— Et... je suis sûre, continue Jeanne, approchant sa figure de celle de Philippe et le regardant dans les yeux, en dodelinant de la tête d'un air narquois, et je suis sûre — latin à part, et... tu n'en sais guère — que si on nous faisait subir un examen à tous les deux, tu ne serais pas le plus fort.

— Par exemple !... s'écrie Philippe indigné. Voyez-vous, Mademoiselle la vaniteuse.

— Oui, oui,... je sais ce que je dis... Tiens, veux-tu que je demande à papa de nous interroger?... Nous verrons bien celui qui répondra le plus souvent.

— Non, non, s'écrie vivement Philippe, qui ne veut pas le moins du monde tenter une expérience qui ne lui serait pas favorable. Il le sait bien, quoi qu'il dise à Jeanne.

— Tu vois bien,... tu as peur...

— Ce n'est pas vrai, je n'ai pas peur.

— Alors... pourquoi?

— Pourquoi,... pourquoi?... parce que nous ne sommes pas ici en classe, nous sommes ici pour nous amuser, pas pour autre chose.

Jeanne ne répond rien et se contente de sourire, mais ce sourire paraît bien ironique à Philippe. Notre ami devient soucieux et réfléchit que si Jeanne s'est montrée si affirmative tout à l'heure, il faut qu'elle sache,... oui, il faut qu'elle sache qu'il est un paresseux...

Philippe ne veut pas qu'elle ait cette opinion sur son compte. Il ne veut pas... et pourtant, il n'y a pas à dire, on ne peut pas en avoir une autre,... il est paresseux,... oh! oui, paresseux,... dissipé... Eh bien, c'est possible, mais cela contrarie fort le jeune collégien que Jeanne le sache. Pourquoi? il n'en sait rien au juste, c'est la première fois qu'il s'inquiète de ce que l'on pense de lui.

— Alors on t'a fait des rapports sur mon compte? demande-t-il à Jeanne qui a fini d'emplir ses sacs et qui maintenant les ferme et les noue.

— Quels rapports?

— Oui,… je suis sûr qu'on t'a dit que je ne travaillais pas,… que j'étais un mauvais élève,… que j'étais toujours privé de sortie.

— N'est-ce pas la vérité?

— La vérité,… la vérité!… Cette petite Jeanne a une façon de vous répondre!…

Et Philippe reste coi, ne sachant que dire, car il ne veut pas mentir; du reste, notre ami a cette qualité de ne jamais faire de mensonge.

— Pourtant, s'écrie-t-il tout à coup, je n'ai pas été consigné aujourd'hui,… tu le vois bien, puisque je suis ici.

— Aujourd'hui,… oui… et cela prouve que tu peux travailler quand tu veux et que tu es par conséquent très coupable quand tu ne travailles pas.

Philippe baisse la tête. Il ne s'attendait pas que pareille leçon lui viendrait d'une petite fille. Dans son dépit, il trouve Mlle Jeanne bien raisonneuse, et se dit qu'elle se mêle un peu de ce qui ne la regarde pas. Et pourtant elle a raison, Philippe est trop loyal pour ne pas en convenir; mais, selon son habitude, il veut avoir le dernier mot.

— Et toi, Mademoiselle « la Raisonnable », tu te crois donc parfaite pour sermonner ainsi les autres? Tu veux me faire croire que tu n'es jamais punie à l'école?…

— Je ne veux pas te faire croire cela du tout. Si je suis punie quelquefois, très rarement, ce n'est jamais pour paresse.

— Tu n'es jamais mise en retenue?

— Jamais.

— Tu sais toujours tes leçons?

— Toujours.

— Tu fais toujours tes devoirs?

— Je fais toujours mes devoirs.

Philippe hoche la tête d'un air d'incrédulité. Il ne paraît pas convaincu.

— Oh! tu peux aller le demander à maman, je ne crains pas d'être démentie, dit la fillette.

Philippe n'ira pas le demander à sa maman. Il la croit : après tout, c'est possible, il y a beaucoup d'élèves au lycée qui sont dans le même cas que Jeanne; mais Philippe revient vite à son idée.

— Comment sais-tu que je suis toujours consigné?... qui te l'a dit?

— C'était bien difficile à savoir! répond la fillette en éclatant de rire ; je viens souvent ici, moi, le dimanche, depuis que nous habitons Fontenay; je ne t'ai jamais vu ; alors j'ai demandé pourquoi, et on me l'a dit.

La conversation des deux enfants a été souvent interrompue. Jeanne a quitté plus de vingt fois Philippe pour aller sur la pointe du pied considérer Bébé endormi dans son berceau. Philippe a d'abord voulu la suivre, mais elle s'y est refusée, parce que celui-ci ne sait pas marcher sans faire de bruit, et qu'il est toujours pris de l'envie d'éternuer ou de tousser quand il faut se tenir tranquille.

XIX

LA TOILETTE DE BÉBÉ.

Le baptême doit avoir lieu après les vêpres, et l'heure de procéder à la grande toilette de Bébé est arrivée. Tout le monde alors va et vient autour de lui, se multipliant. Jeanne, jouant un peu l'office de la mouche du coche, est plus affairée que personne. Philippe, craignant de se voir rudoyer de nouveau, se garde bien de lui offrir ses services. Il est absorbé d'ailleurs dans la contemplation des petites chemises, des petites brassières, des petits chaussons. Tous ces objets lui paraissent minuscules, bons tout au plus pour une poupée. Il ne peut se persuader qu'il a été aussi petit que cela, et, quand il voit ce petit corps disparaître dans la longue robe de baptême, couverte de dentelle, il ne peut s'empêcher de rire.

La toilette de Bébé ne s'est pas effectuée sans difficultés. Réveillé dans son sommeil, il promet d'être suffisamment grognon, et proteste de toute la force de ses petits poumons contre toutes ces recherches de toilette auxquelles il se montre fort peu sensible.

XX

LE BAPTÊME.

Enfin tout le monde est prêt.

Au moment du départ, Philippe remet à Jeanne une bourse que son papa vient de lui donner et qui contient des sous pour les pauvres que le baptême ne manquera pas d'attirer; puis, disant à Jeanne de l'attendre, qu'il revient de suite, il se précipite dans la cuisine, chuchote un instant avec la bonne qu'il a mise dans la confidence de certains projets, et qui lui remet un énorme sac qu'il élève en l'air en riant. Puis il rejoint Jeanne.

— D'où viens-tu donc? qu'es-tu allé chercher?

— Ah! voilà,... c'est mon secret. Toi tu plongeras les mains dans le sac aux dragées,... moi je les plongerai dans celui-ci.

— Ce ne sont donc pas des dragées qu'il y a dans ton sac?

— Non.

— Alors qu'est-ce que c'est?

— Tu le verras plus tard. Oh! j'ai eu une bonne idée : nous allons nous amuser!

Jeanne ne peut le questionner davantage, car il est l'heure de partir. On monte en voiture, et bientôt les chevaux partent au grand trot, ce qui n'est pas du goût de Bébé, qui commence à pleurer.

17

Philippe trouve que son neveu, qui sera son filleul tout à l'heure, a un bien mauvais caractère. Jeanne ne veut pas qu'on dise qu'il a mauvais caractère et le défend énergiquement.

— C'est bien à toi de parler de ceux qui se fâchent !

Le trajet n'est pas long. On est bientôt sous le porche, et Philippe offre sa main à Jeanne pour descendre de voiture, et son bras pour gravir les marches de l'église.

Le cortège, précédé du suisse, passe entre une double haie de curieux qui sortent des vêpres. Les deux enfants marchent immédiatement derrière

la nourrice qui porte le bébé, et Philippe se redresse fièrement, promenant avec assurance son regard sur la foule pour s'assurer de l'effet que Jeanne et lui produisent sur les spectateurs, et voir si on a le bon goût de les admirer.

Il entend dire que la petite marraine est très gentille et tout à fait gracieuse, ce qui le rend très fier, et que le jeune parrain se tient fort bien, ce qui le flatte beaucoup.

Les enfants et leurs parents se rendent à la chapelle baptismale, où le prêtre chargé de la cérémonie les attend. Bébé est placé au centre, et les assistants se rangent autour de lui, le parrain et la marraine au premier rang.

Tout en suivant les détails de la cérémonie, Philippe regarde Jeanne pour copier ce qu'elle fera. Aux questions du prêtre, la fillette répond par un « oui » bien distinct que Philippe répète en l'accentuant davantage. Puis on arrive au *Credo*.

La petite marraine le récite posément, tandis que Philippe, qui a voulu le dire en latin, s'embrouille et s'arrête avant la fin, ce qui lui vaut un coup de coude de Mlle Jeanne, qui le rappelle ainsi à ses devoirs. Alors,

Philippe bredouille entre ses dents quelque chose qui a l'air de ressembler à une prière.

Mais où le jeune parrain a peine à retenir un accès de fou rire, malgré les regards foudroyants que lui lance Jeanne, c'est à l'horrible grimace que fait son filleul lorsque le prêtre lui met du sel sur la langue.

Le petit bonhomme ne veut pas l'avaler et fait tous ses efforts pour le rejeter. Philippe lui donne raison, et juge qu'on devrait bien au moins ensuite lui donner quelque chose de bon, du sucre par exemple, pour faire passer le goût du sel, comme on leur fait toujours à eux, à l'infirmerie, quand ils ont pris une drogue bien mauvaise.

Comme Philippe ne connaît pas le symbole du sel, il trouve d'ailleurs qu'il faut être bien méchant pour mettre sur la langue de ces pauvres petits quelque chose d'aussi mauvais.

Il voudrait bien soumettre ses réflexions à Jeanne, mais il n'ose, rappelé au silence par le respect du lieu; d'ailleurs Jeanne lui dirait probablement de se taire.

Mais quand le prêtre verse de l'eau froide sur cette pauvre petite tête chauve, Philippe éprouve une véritable indignation. Il se dit qu'on va enrhumer son filleul, c'est certain, et il regarde ses parents, pensant qu'ils vont protester à leur tour. Mais rien.

Bébé seul proteste, et sur un diapason d'autant plus élevé que son sommeil a été interrompu. Il s'est fâché tout rouge, et serre ses petits poings.

Il est temps d'ailleurs que la cérémonie prenne fin, car M. Jean — il s'appelle maintenant Jean-Philippe — qui ne brille pas par la patience, est complètement à bout de forces.

XXI

PARRAIN ET BEDEAU.

Tout est terminé.

On se dirige vers la sacristie, où le bedeau tend la plume à la marraine pour signer sur le registre.

Mlle Jeanne écrit son nom proprement et lisiblement, en tirant un peu la langue, tant elle s'applique; puis elle passe la plume à Philippe, en lui montrant où il faut signer.

Celui-ci, voulant imiter l'exemple de Jeanne, écrit son nom à peu près convenablement; mais, comme il reste la plume en l'air pour admirer sa signature, il laisse tomber un gros pâté sur le registre de la sacristie, ce qui lui vaut une observation sévère de la part du bedeau.

Philippe trouve ce personnage peu poli, et a bien envie de ne pas lui donner la pièce blanche que son papa vient de lui remettre pour lui.

XXII

A LA CRASSE! A LA CRASSE!

Maintenant, c'est fini!...

Jeanne a remis une belle boîte à M. le curé; Philippe a généreusement distribué l'argent qu'on lui avait donné aux enfants de chœur, à la loueuse de chaises et enfin,... à la dernière minute seulement, au bedeau.

Il lui tarde bien de se trouver hors de l'église. C'est là que doit se livrer la grande bataille, la bataille de dragées; il doit y avoir beaucoup de monde, car un brouhaha et un bourdonnement continus se font entendre du dehors jusque dans l'église.

IL FEINT DE VOULOIR LANCER LES DRAGÉES A DROITE...

Le bruit, en effet, s'était vite répandu dans le village qu'il y avait un grand baptême, aussi le porche est rempli de gamins et de gamines de tout âge, de vieilles femmes et de mendiants.

Lorsque le cortège apparaît, il est salué par un immense cri de « Parrain!! marraine!! »

A ce concert inattendu, Jeanne s'arrête, interdite et tout étourdie. Philippe rit de son émoi et l'entraîne.

Les gamins, sans pitié pour les oreilles du cortège, continuent à crier. Philippe commence à s'amuser beaucoup, et tandis que Jeanne distribue aux pauvres quelque menue monnaie, il se tient sur la première marche de l'église et plonge, à la bruyante satisfaction des gamins, les deux mains dans le fameux sac dont il a fait mystère à Jeanne.

Avec intention, il reste longtemps avant de les retirer, au grand désappointement des petits paysans qui trépignent d'impatience.

Philippe continue à tenir les petits spectateurs en haleine, en feignant de vouloir lancer les dragées à droite, et tous les gamins de courir vers la droite; puis par un brusque mouvement ramène son bras vers la gauche, tous de se précipiter de ce côté; finalement Philippe les lance à droite au milieu des cris de mécontentement de toute la bande.

Notre ami alors se tord dans un accès de gaieté folle en voyant gamins et gamines se pousser, se bousculer, se battre pour ramasser... des haricots!...

Les gamins se sont vite aperçus de la supercherie et, furieux, commencent à faire retentir le cri traditionnel : « A la crasse! à la crasse!! » qui traduit leur indignation. Quelques-uns, devant l'attitude de Philippe, dont les rires redoublent, vont jusqu'à lui montrer le poing.

Les parents et les invités, qui n'étaient pas dans le secret de Philippe, croyant que ce sont des dragées que celui-ci vient de lancer, ne comprennent rien à l'explosion de fureur de tout ce petit monde.

Jeanne, distraite de ses pauvres par ces cris, et dont la curiosité est vivement éveillée, s'approche de Philippe, regarde dans le sac qu'elle fait sauter d'un brusque revers de main, en s'écriant :

« Fi ! le méchant... des haricots !!... Quel incorrigible taquin tu fais !.. »

Et, plongeant et replongeant à son tour les mains dans un de ses sacs, elle envoie sur les petits paysans une véritable grêle de dragées, qui sont, cette fois, accueillies par des hourras.

Philippe l'aide maintenant, lançant les dragées le plus loin possible pour faire courir les gamins, spectacle qui l'égaye beaucoup.

Il continue d'ailleurs à leur faire des niches, visant en plein visage ceux dont les têtes ne lui plaisent pas, et pendant que les gamins ainsi attaqués se frottent les yeux, d'autres surviennent et ramassent les projectiles, en sorte que ceux-ci n'ont rien, que leurs figures endommagées.

Jeanne blâme fort ces procédés, mais néanmoins trouve que certains n'ont que ce qu'ils méritent, car elle n'est pas satisfaite de ces garçons égoïstes et méchants qui ramassent tout sans partager avec les petits et qui les repoussent brutalement parce qu'ils sont les plus forts.

Aussi, nombre de fillettes malmenées dans la bagarre, se sont-elles éloignées du groupe des garçons et pleurnichent maintenant à l'écart, s'essuyant les yeux avec un coin de leur tablier, et s'interrompant pour regarder avec envie et admiration rouler les belles dragées dont elles ne peuvent prendre leur part.

Certaines essayent de revenir à la charge, mais, rudoyées de nouveau, elles viennent rejoindre leurs campagnes.

Jeanne a beau lancer les dragées dans leur direction, les garçons devancent toujours les fillettes et s'emparent de ce qui leur était destiné. Ce que voyant, la jeune marraine appelle les petites filles, et, au grand contentement de celles-ci, dont les yeux brillent de plaisir, elle remplit leurs poches des bonbons tant convoités.

Cependant on ne peut rester indéfiniment sur les marches de l'église. Malgré les protestations de Philippe, on remonte en voiture, et les gamins insatiables assaillent les portières.

On s'aperçoit alors que nombre d'entre eux ont eu les yeux pochés, le nez égratigné, et les habits déchirés dans la bagarre. Plus d'un recevra même tout à l'heure, pour cette dernière circonstance, une fameuse correction maternelle.

En attendant, Jeanne et Philippe continuent à jeter des dragées par les portières. Mais enfin les sacs s'épuisent et les deux enfants s'arrêtent, faute de munitions. La bande n'en continue pas moins à crier, à réclamer; Philippe alors leur jette les sacs vides et les voitures s'ébranlent à grand' peine au milieu de cette foule qui demande toujours.

XXIII

UN TOAST AU NOUVEAU-NÉ.

Pendant le dîner, Philippe ne peut s'empêcher de rire à tous propos et hors de propos, tant il est heureux.

Cette dernière partie de la journée l'a mis surtout en belle humeur, et, pensant à la scène des haricots, son envie de rire est tellement forte qu'il manque de s'étrangler.

Ses parents d'ailleurs ne tardent pas à blâmer sa conduite à ce sujet — quoique la farce les eût fort amusés — et Mlle Jeanne, qui ne perd pas une si belle occasion de sermonner, renchérit encore avec indignation. Mais elle a beau blâmer, Philippe ne regrette pas son idée, il est bien trop content du résultat qu'il a obtenu.

— Heureusement pour toi que tu ne te trouvais pas en ce moment au milieu d'eux, car, au lieu de se contenter de t'injurier, ils auraient pu te bousculer un peu rudement.

— Ils auraient trouvé à qui parler, et je connais deux poings qui leur auraient fait faire connaissance avec la poussière.

— Ah!... est-il permis de parler de la sorte! Vous devriez avoir honte!

s'écrie Jeanne, qui dit « vous » à Philippe chaque fois que celui-ci exprime une idée qui lui déplaît.

— Et tu aurais abandonné ta petite amie, pour lui donner ce joli spectacle? ajoute la maman. Quelle contenance aurais-tu tenue ensuite devant elle, et quelle opinion se serait-elle faite de toi?

— En effet, dit le beau-frère de Philippe, il serait temps d'abandonner tes allures de frondeur, et tes habitudes de pugilat.

— Chaque fois que je vais au parloir, dit le papa, je suis à peu près sûr de le voir arriver avec des traces de coups et d'égratignures sur la figure et sur les mains.

— Mais c'est horrible! s'écrie la fillette.

Philippe est très mécontent qu'on dise cela devant Jeanne, il voudrait bien répliquer comme il a la mauvaise habitude de le faire au lycée, mais ses parents lui imposent un peu, et la présence de Jeanne le gêne.

— Allons! allons! ce n'est ni le jour ni le moment de récriminer, dit la sœur de Philippe, venant charitablement au secours de son frère. Philippe d'ailleurs a bien travaillé cette semaine, puisqu'il est au milieu de nous, et sa figure n'a pas, que je sache, la moindre trace d'égratignures. Par conséquent, je propose de porter un toast à la marraine d'abord, au parrain ensuite, et au petit filleul en dernier lieu.

— Au petit filleul d'abord, dit Jeanne; n'est-il pas le héros de la fête?

La nourrice apporte M. Jean qui est éveillé, et tous les convives, parrain et marraine, parents et amis, lèvent leur verre en son honneur, faisant des vœux qui pour sa santé, qui pour son avenir, souhaitant à l'enfant et à ses jeunes parents toute sorte de prospérités.

— Si nous lui faisions un don, comme dans les contes de fées! s'écrie Philippe, ce serait curieux plus tard de voir s'il se réalisera.

— Je veux bien, dit Jeanne; mais quoi?... Moi je lui souhaite tant de choses que je ne sais par laquelle commencer.

— Je désire, dit galamment Philippe, — qui évidemment ruminait son compliment depuis quelque temps, — je désire que notre filleul soit doué de toutes les qualités de sa marraine.

— Et moi, qu'il soit préservé des défauts de son parrain, riposte vivement la fillette.

— Méchante, va! dit Philippe, en se penchant pour embrasser son filleul.

Le poupon, sur le bras de sa nourrice, fait le tour de la table, puis on l'emmène coucher pendant que de nouveaux toasts sont portés à la jeune marraine, au travail et aux succès futurs de Philippe.

— Oh! il va travailler, dit Jeanne, il me l'a promis.

Philippe se dit que Jeanne a une certaine audace de s'avancer de la sorte, car il ne lui a rien promis du tout. Il se contente de la regarder étonné, mais il ne la contredit point.

XXIV

UNE IDÉE DE MADEMOISELLE JEANNE.

On s'est levé pour passer au salon. Philippe naturellement offre de nouveau son bras. Il a pris son rôle tout à fait au sérieux, et s'est habitué vite aux usages mondains qu'il avait passablement négligés jusqu'ici, malgré les efforts de sa mère et de sa sœur.

Mais, en arrivant au salon, Jeanne quitte son ami pour aller dire quelques mots à l'oreille de son papa, qui approuve de la tête en souriant. Pour le récompenser, Jeanne appuie câlinement sa joue sur l'épaule de son père et le baise bien tendrement, puis, pour ne pas faire de jaloux, elle court embrasser sa maman.

Quelles gentilles manières a cette petite Jeanne, et comme elle sait s'y prendre pour tout obtenir! Jamais lui, Philippe, n'aurait l'idée de pareils procédés; mais lui, c'est bien différent, il est un garçon, c'est bon pour une petite fille d'être gracieuse — ainsi du moins pensait notre ami Philippe; — n'importe, cette petite Jeanne telle qu'elle est, l'enchante et l'étonne, et il serait bien fâché qu'elle fût autrement.

— Jeanne me demande, dit le papa, interrompant le monologue de Philippe, d'inviter en son nom tous ses amis à venir passer la journée de dimanche prochain à Saint-Germain. Je vous transmets avec plaisir son invitation, que j'avais l'intention de vous faire personnellement, lorsque Jeanne m'a devancé. Nous espérons donc que dimanche, comme aujourd'hui, M. Philippe sera des nôtres, car cette petite fête de famille donnée à son intention et à celle de Jeanne, serait, sans sa présence, incomplète pour tous en général, et pour Jeanne en particulier.

Aïe! aïe!!... Philippe est pris. Il sent que Jeanne le regarde fixement et cherche ses yeux pour y lire un acquiescement; mais Philippe se dérobe; pris au dépourvu, il reste là niaisement, les yeux baissés, sans répondre. Il entend son papa remercier M.ʳ Château et sa femme, tant en son nom qu'au nom de Mᵐᵉ Lefresne. Quant à Philippe, ajoute-t-il, je ne puis m'engager pour lui; seul il peut répondre, puisque sa sortie dépend de son travail et de sa conduite. Mais, de même qu'il a été laborieux la semaine dernière, je ne veux pas douter qu'il le soit encore... cette semaine... et toujours, car il est assez grand maintenant pour comprendre que son avenir dépend de son travail. J'ai d'ailleurs trop de confiance dans le caractère de mon fils pour penser un instant qu'il puisse reconnaître par sa paresse et sa mauvaise conduite les bontés et les gracieuses attentions que vous avez aujourd'hui pour lui.

Parbleu! oui,... il a raison. Philippe le comprend bien. Il comprend bien aussi qu'il ne pourra paresser éternellement, et qu'il arrivera un moment où il faudra bien se mettre au travail. Ses parents ont peu de fortune, il faut qu'il se crée une position. Et Philippe voudrait être quelque chose, car il a de l'ambition et un amour-propre peut-être exagéré — il le montre bien dans les petites choses. — Après tout, travailler, ce n'est pas si difficile qu'on croit et on est si content après !... Oui, mais... les autres !...

Le papa, ayant vainement attendu une réponse de Philippe, s'est remis

à causer, affectant de ne plus s'occuper de lui ; mais il regarde notre ami de temps en temps, à la dérobée, espérant que les quelques réflexions qu'il vient de jeter, comme au hasard, germeront dans l'esprit de Philippe et porteront leurs fruits.

Jeanne elle-même délaisse Philippe, occupée qu'elle est à aider la maîtresse de la maison à offrir le thé.

XXV

M. PHILIPPE RÉFLÉCHIT.

Dans le brouhaha des conversations, Philippe a donc tout le loisir de réfléchir, et de fait il réfléchit.

Le résultat de ses réflexions est que Jeanne lui joue là un tour de sa façon, et que cette invitation est un moyen imaginé par elle, sans en avoir l'air, de le forcer à travailler encore pendant une semaine — car elle pense qu'il travaillera, du moment où elle le lui demande.

C'est que travailler huit jours, c'était bon,... mais quinze !...

Et les autres qui l'attendent demain pour fêter son retour à la paresse ! Il n'y a pas d'autre alternative : ou se perdre aux yeux de ses camarades, auxquels il a engagé sa parole de revenir à eux... ou passer pour un butor aux yeux de Jeanne, en décourageant ses gentils efforts... Sans compter, qu'on ne s'amuse guère au lycée, le dimanche, tandis qu'aujourd'hui... Ah ! mon Dieu ! s'est-il amusé ! Quelle journée ! et quel ennui de la voir si tôt finir ! Comme elle a été courte et comme elle a été remplie pourtant !... On a beau faire le fanfaron, c'est dur de voir sortir les autres le dimanche matin pendant que soi-même on est obligé de rester en étude !... Et puis les parents, eux aussi, sont tristes, tandis qu'aujourd'hui...

Décidément cette journée promettait d'être profitable à Philippe. Pour la première fois de sa vie, il réfléchissait, et c'était déjà un premier pas vers le travail. Il n'y avait qu'une chose à craindre, c'est que, rendu à la funeste influence de ses amis, les bonnes dispositions qui commençaient à s'ébaucher dans son esprit ne vinssent à s'évanouir comme un beau rêve.

XXVI

M. PHILIPPE EST DE PLUS EN PLUS PERPLEXE.

Philippe est tellement absorbé dans ses réflexions qu'il n'a pas vu Jeanne venir s'asseoir auprès de lui. Pour le rappeler à la réalité, la fillette le chatouille derrière l'oreille avec la tige d'une fleur qu'elle tient à la main. Philippe bondit à ce contact avec une mine effarée qui met Jeanne en gaieté.

— Eh bien! qu'as-tu? Tu n'as pas l'air bien brave en ce moment. Quelle

rayeur t'a causée ma pauvre petite fleur!... Et... c'est aimable d'être distrait, quand je suis à côté de toi, de ne pas m'adresser la parole! Pour ton châtiment, tu vas me dire à quoi tu pensais.

— ... Je ne sais pas;... à rien, répond Philippe, qui n'aurait jamais voulu avouer à Jeanne le sujet de ses réflexions.

— Alors, à quoi penses-tu, quand tu ne penses à rien? réplique la fillette en éclatant de rire, car, tu pensais à quelque chose.

— Oui,... je songeais à cette journée,... à tout ce que nous avons fait... Comme nous nous sommes bien amusés...

— Et tu étais triste parce que c'est fini, qu'il est tard, et que tu rentreras demain matin au lycée... Dame, tu comprends,... on ne peut pas toujours s'amuser... Moi aussi, demain, je retournerai à la pension, et demain soir, à cette heure-ci, au lieu de causer et rire, comme maintenant, je serai occupée à faire mes devoirs.

— A 9 heures et demie?

— Il est déjà 9 heures et demie?... Eh bien alors, je serai couchée depuis une demi-heure, mais j'aurai fait mes devoirs auparavant. Jamais je ne me couche avant de les avoir terminés. Mais, dimanche, nous recommencerons ; tu verras comme on s'amusera : c'est si joli Saint-Germain !... A propos, connais-tu Saint-Germain?...

— Non, je n'y suis jamais allé.

— Oh bien, alors, je te ferai tout voir. Et puis, il y a la forêt,... on loue des ânes... nous irons nous promener,... Moi, j'ai un peu peur sur les ânes... il faudra que tu te tiennes toujours près de moi, avec la bride dans ta main, tu me le promets?...

— Comment, tu as peur sur un âne ?

— Mais oui,... quelquefois... c'est méchant cette bête-là, et si entêté !...

— On leur donne des coups de trique.

— Oh ! pas de coups de trique sur mon âne, tu entends, pour qu'il s'emporte et me jette par terre... D'abord moi je n'aime pas qu'on les batte, ces pauvres bêtes.

— Il faut bien, quand elles ne veulent pas marcher.

Philippe s'attendait à ce que Jeanne lui parlerait de ses études et l'exhorterait à travailler,... il n'en fut rien, elle n'avait même pas l'air de douter que Philippe ne sortît dimanche.

XXVII

A DIMANCHE !

L'heure du départ vint interrompre la conversation des deux enfants.

Quand tout le monde fut prêt, on prit congé de M. et Mme Château. Jeanne et Philippe obtinrent d'aller bien doucement,... bien doucement, considérer Bébé endormi dans son petit berceau ; puis, accompagnés de leurs parents, ils se rendent à la gare, où chacun doit prendre une direction différente.

Au moment des adieux, Jeanne se laisse embrasser par Philippe. Et en lui rendant son baiser :

— A dimanche, à dimanche, lui dit-elle en se baissant pour regarder son petit ami de façon à ce qu'il ne pût éviter son regard.

19

Philippe regarde Jeanne, dont les yeux se posent, interrogateurs, sur les siens.

Il ne pouvait hésiter plus longtemps.

— A dimanche,... oui,... à dimanche, répète-t-il, en serrant avec force la main de Jeanne, comme pour sceller sa promesse, ... à dimanche...

Et si les autres ne sont pas contents,... eh bien,... je les contenterai, pense-t-il en rejoignant ses parents.

Fort heureusement que Jeanne n'a pas exigé de lui la promesse de n'être plus batailleur.

XXVIII

LA RENTRÉE AU LYCÉE.

Lorsque Philippe fit son entrée le lundi matin dans la cour de récréation, en attendant l'heure de la classe, tous ses camarades se précipitèrent sur notre petit ami, lui demandant s'il s'était bien amusé et réclamant des dragées du baptême.

Philippe ne les avait pas oubliées : au moment de quitter la table, il avait prié sa sœur de bien vouloir l'autoriser à ramasser les bonbons et friandises qui restaient, sa maman y avait joint encore quelques boîtes de dragées, aussi nous laissons à nos petits lecteurs le soin de juger si Philippe fut bien accueilli par ses camarades.

La récréation était courte. Occupés à savourer les bonbons et les gâteaux distribués par Lefresne, ses camarades ne lui firent aucune question sur sa conduite à venir. Le roulement de tambour se fit bientôt entendre, Philippe courut se mettre en rang et quelques instants après les élèves entraient en classe.

Pendant que le professeur explique certain passage d'un auteur français, quelques-uns des plus mauvais élèves sachant que Philippe possède encore quelques friandises, le harcèlent pour qu'il fasse circuler ce qui lui reste de bonbons. Mais Lefresne ne répond pas, et bien plus il va jusqu'à demander au professeur d'expliquer un passage du « de Viris ». Colère et stupeur des camarades de Philippe.

Celui-ci, sans se laisser émouvoir, explique le mieux qu'il peut le passage de la version et répond à toutes les questions posées par le professeur.

XXIX

PRÉPARATIFS DE COMBAT.

Pendant la récréation qui suit la classe, les anciens camarades de Philippe l'évitent. Réunis en groupe, un colloque animé s'échange entre eux et, de temps en temps, certains lancent des regards furibonds dans la direction de notre ami resté seul avec le jeune Delpech. Ils causent ensemble sans remarquer les gestes de menaces de leurs camarades.

— Alors tu nous as tous trompés, la semaine dernière;... tu vas continuer à travailler,... c'est sérieux cette fois?...

— Oui, c'est très sérieux, je vais continuer à travailler. Je ne me crois pas engagé à tenir des promesses bêtes comme celles dont tu parles, tandis que j'en ai fait de bien plus sérieuses et que je tiendrai, celles-là.

— Qu'est-ce que tu as promis?

— J'ai promis à... et puis tu m'agaces avec toutes tes questions... Bref, je ne veux plus paresser, je ne l'ai fait que trop longtemps, c'est absurde. Je veux devenir un bon élève comme Bertrand, et nous verrons bien qui m'en empêchera.

— Alors... qu'est-ce que je vais devenir, moi?..

— Eh bien, tu travailleras aussi, puisque tu es mon ami, tu feras comme moi. Tu verras que ce n'est pas si difficile que cela.

Tiens, écoute, une idée. Papa vient me voir demain au parloir, tu viendras avec moi, je te présenterai, et dimanche, si tu n'es pas puni, je lui demanderai de t'emmener avec nous passer la journée à Saint-Germain, chez les parents de Jeanne.

— Qui ça, Jeanne? une demoiselle?...

— Tiens, bien sûr, nigaud, que c'est une demoiselle, puisqu'elle s'appelle Jeanne. C'est elle qui a été marraine. Elle est charmante, très intelligente et pas pimbèche. On peut s'amuser avec elle. En voilà une qui n'est pas poseuse; seulement... elle n'aime pas les paresseux.

— Ah !...

— Et nous irons dans la forêt; nous monterons sur des ânes, tu verras comme nous nous amuserons.

— Oui, mais pour cela, il va falloir travailler, et ce sera dur.

— Ah! tu sais, comme tu voudras. Quant à moi, je te le dis une dernière fois, ma résolution est bien prise, je ne reviendrai pas à la paresse, et je te répète qu'il est plus agréable de faire ses devoirs, d'apprendre ses leçons, de se bien conduire enfin, que de se dissiper toute la semaine pour être privé de sortie le dimanche. Si tu savais comme je me suis amusé hier !

— Eh bien,... c'est dit. Je vais me mettre au travail, moi aussi, et tu verras que...

Delpech s'arrête net au milieu de sa phrase; les camarades s'avancent en groupe vers nos petits amis, et Normand, l'orateur de la bande, vient réclamer des explications.

Quoique Philippe ne reconnaisse pas à ses anciens amis le droit de se mêler de ses affaires, il ne se refuse pas à leur donner ses raisons, voulant d'ailleurs s'expliquer une fois pour toutes.

Mais à peine Lefresne a-t-il commencé à parler, qu'à un signal convenu d'avance, Normand et ses camarades cherchent à entourer nos deux amis et à les entraîner dans une encoignure.

Loin de se dérober, Lefresne et Delpech se mettent sur la défensive. Fort heureusement une grande partie des élèves de la cour, prévoyant ce

qui va se passer, s'assemblent autour de nos amis, prêts à prendre parti
pour l'un ou l'autre camp.

On se presse, on se bouscule.

Mis au courant de ce qui se passe, les bons élèves se rangent du côté de
Lefresne, et les mauvais du côté de Normand. La bataille va s'engager, on
commence à échanger des horions, lorsque le maître répétiteur et le surveillant général, qui avaient tout entendu, rétablissent l'ordre promptement.

Le surveillant général fait saisir Normand et deux ou trois des plus
endiablés, et les fait conduire aux arrêts. Le censeur, prévenu de ce qui
s'était passé, se rend en étude après la récréation et, après avoir blâmé
les instincts batailleurs des élèves en général, félicite notre ami Philippe
de ses bonnes résolutions :

« Soyez laborieux, Monsieur Lefresne, ajoute-t-il en terminant, con-
duisez-vous bien, et plus tard vous recueillerez le fruit de vos efforts;
en attendant vous aurez le plaisir de satisfaire vos maîtres et vos
parents. »

XXX

CONVERSION GÉNÉRALE.

Philippe tint toutes ses promesses, et plusieurs de ses camarades, sur
lesquels il exerçait une réelle influence, marchèrent sur ses traces et de-
vinrent comme lui des élèves sages et laborieux.

Il est juste d'ajouter toutefois que la transformation complète ne s'opéra
pas sans beaucoup d'efforts. Philippe faillit faiblir bien souvent, la lutte
fut terrible, mais sa ténacité et surtout la pensée que Jeanne serait triste
et fâchée, s'il était consigné, le faisaient triompher de ses mauvais pen-
chants, et le ramenaient au travail.

Le petit Delpech, imitant en tout sa conduite, put sortir le dimanche suivant avec Philippe, et le plaisir qu'ils goûtèrent en compagnie de Mlle Jeanne dans la forêt de Saint-Germain fut bien supérieur aux quelques efforts que leur avait coûtés le travail d'une semaine.

TABLE DES MATIÈRES

FIN DE LA TABLE DES MATIÈRES.

917-88. Corbeil. — Imprimerie Crété.

CORBEIL. Imprimerie CRÉTÉ.

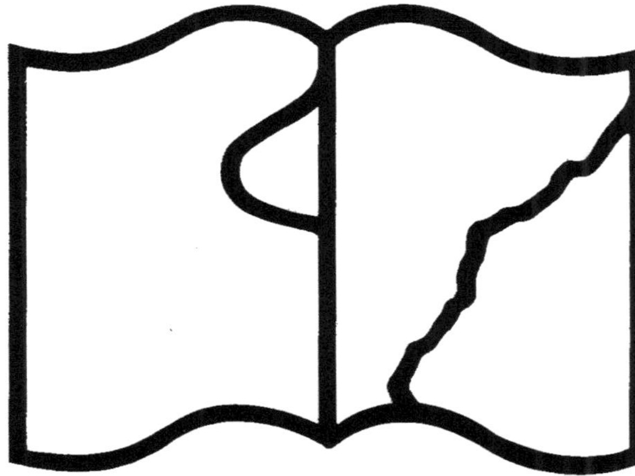

Texte détérioré — reliure défectueuse

NF Z 43-120-11

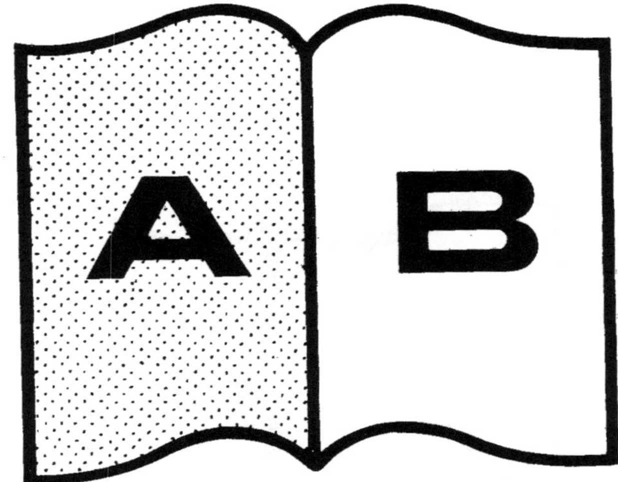

Contraste insuffisant

NF Z 43-120-14